Geneviève Blouin

HANAKEN

LE SANG DES SAMOURAÏS

Tome 3

ROMAN

Éditions du Phœnix

Geneviève Blouin

HANAKEN

LE SANG DES SAMOURAÏS

Tome 3

Éditions du Phœnix

© 2015 Éditions du Phœnix
Dépôt légal, 2015
Imprimé au Canada

Graphisme de la couverture : Hélène Meunier
Illustration de la page couverture noir et blanc : Sybiline
Photo d'auteur : Patrick Lemay, Studio Humanoid
Graphisme de l'intérieur : Hélène Meunier
Révision linguistique : Hélène Bard

Éditions du Phœnix
206, rue Laurier
L'Île-Bizard (Montréal)
(Québec) Canada H9C 2W9
Tél.: 514 696-7381   Téléc.: 514 696-7685
www.editionsduphœnix.com

**Catalogage avant publication de Bibliothèque et Archives nationales
du Québec et Bibliothèque et Archives Canada**

Blouin, Geneviève, 1982-

   Hanaken, le sang des samouraïs

   (Ados)
   Pour les jeunes de 12 ans et plus.

   ISBN 978-2-924253-40-3

   **I. Sybiline, 1976-   . II. Titre. III. Collection : Ados (Éditions
du Phoenix).**

PS8603.L689H363 2015   jC843'.6 C2015-941067-3
PS9603.L689H363 2015

Conseil des arts   Canada Council
du Canada   for the Arts

Nous remercions la SODEC de l'aide accordée à notre programme de publication. Nous reconnaissons l'aide financière du gouvernement du Canada par l'entremise du Fonds du livre du Canada pour nos activités d'édition à notre programme de publication.

Nous remercions le Conseil des arts du Canada de son soutien. L'an dernier, le Conseil a investi 154 millions de dollars pour mettre de l'art dans la vie des Canadiennes et des Canadiens de tout le pays.

We acknowledge the support of the Canada Council for the Arts, which last year invested $154 million to bring the arts to Canadians throughout the country.

À Vincent, mon Yamaki
Et Éliane, ma Miyuki

LISTE DES PERSONNAGES

LA FAMILLE HANAKEN

LES DÉFUNTS :
Sasori, le père, maître d'armes
Mère
Ichirô, le fils aîné
Misaki, la fille aînée
Grand-mère, mère du père

LES VIVANTS :
Satô, le second fils, vingt-cinq ans
(né d'une concubine), maître d'armes
Yukié, la seconde fille, vingt-cinq ans, épouse de
Yamaki Eiji
Kiku, ancienne épouse d'Ichirô
Sachirô, onze ans, fils de Kiku et d'Ichirô, neveu et
fils adoptif de Satô

LA FAMILLE YAMAKI

Yamaki Eiji, capitaine des gardes du seigneur Takayama,
trente ans, époux de Yukié
Miyuki, fille aînée, huit ans
Eijirô, fils aîné, cinq ans
Fuu, second fils, trois ans
Bara, l'intendante, cinquantaine d'années, d'origine
paysanne, a élevé Sachirô et Oda Nobunaga

LES MEMBRES DU CLAN TAKAYAMA

Takayama, le seigneur, allié à Oda Nobunaga
Dame Bei, concubine de Takayama

Hitô, fils de Takayama et de Dame Bei, vingt ans
Jitotsu Nanashi, vingt-deux ans, secrétaire du seigneur
Takayama et maître des arquebuses
Saburo, dit le vieux tigre, ancien capitaine des gardes
du seigneur Takayama

LES MEMBRES DU CLAN ODA

Oda Nobunaga, vingt-six ans, *daimyô* de la province
d'Owari (personnage historique)
Mitsu (Oda Nobumitsu), oncle de Oda Nobunaga
(personnage historique)
Katsui, seigneur allié à Oda Nobunaga
Hideyoshi, dit le seigneur Singe, brillant guerrier de
naissance modeste (personnage historique, qui sera plus
tard connu sous le nom de Toyotomi Hideyoshi)
Môri, samouraï allié au clan Oda
Hattori, samouraï allié au clan Oda

LES ADVERSAIRES

Imagawa Yoshimoto, *daimyô* des provinces de Suruga
et de Tôtômi (personnage historique)
Matsudaira Takechiyo, dix-sept ans (personnage
historique, qui sera plus tard connu sous le nom de
Tokugawa Ieyasu)

E n cette fin d'après-midi, sous le tiède soleil printanier, les terrains vagues qui entourent la forteresse de Nagoya, demeure principale du *clan* Oda, servent de lieu d'entraînement aux *samouraïs*[1]. Autour de Yukié, des duels amicaux se déroulent, ponctués par le claquement des sabres de bois. Elle entend, au loin, le sifflement des flèches et le bruit mat des impacts sur les cibles de paille. Le long d'une autre face de la forteresse, des archers doivent être occupés à affiner leurs talents. La bande de terre dénudée sépare la forteresse de la ville qu'elle protège. Des maisons et des rues longent donc les zones d'entraînement, mais les citadins affairés ne jettent aux samouraïs que des regards

---

1   Les mots en italique sont définis dans le lexique à la fin de l'ouvrage.

11

indifférents, habitués au spectacle de leurs prouesses. Seules Yukié et sa petite adversaire attirent parfois l'attention des passants.

La disparité de leurs silhouettes n'est pas ce qui intrigue le plus les observateurs. Non, ce qui pousse les gens à s'arrêter un instant pour les regarder, ce sont leurs casques et leurs armures. Les autres samouraïs ne s'équipent pas ainsi pour l'entraînement. Cependant, l'époux de Yukié, Yamaki, a insisté. Il a consenti à ce que leur fille apprenne le maniement du sabre, mais seulement si elle pouvait éviter les blessures et les cicatrices qui surviennent lors des entraînements. Il lui a donc procuré une petite armure en lamelles de bambou rembourrée, conçue spécialement pour elle, ainsi qu'un casque et un masque de même facture. Ne voulant pas infliger à sa fille un handicap injuste, Yukié a pris l'habitude de revêtir sa propre armure en plaquettes de métal laqué pour s'exercer avec elle.

Les précautions de Yamaki ont porté des fruits inattendus. Miyuki, à huit ans, est la plus robuste des enfants de la forteresse avec sa haute taille rappelant celle de Yukié et ses muscles endurcis par la charge supplémentaire de l'armure. Yukié est fière de la discipline de sa fille qui, comme si elle était un garçon, participe chaque jour à l'entraînement des samouraïs sous la supervision du maître d'armes, son oncle Satô. Ensuite, la petite vient la rejoindre pour des duels au sabre de bois. À Nagoya, la plupart des filles de samouraï n'en font pas autant, se contentant d'une séance d'exercices à la lance tous les deux ou trois jours. Et bien peu de jeunes garçons manifestent l'envie de continuer l'entraînement une fois que le maître d'armes les a libérés. Cependant, Miyuki aime se battre et elle est prête à tout pour s'améliorer.

L'ombre de la forteresse a presque rejoint la zone d'herbe piétinée qui leur sert d'aire de combat. Yukié soupire sous son masque. Elle est trempée de sueur et ses muscles brûlent d'une saine fatigue. Jadis, elle aurait continué l'entraînement, car c'est à présent qu'il devient le plus profitable. Cependant, il est l'heure de retourner à ses devoirs de mère et d'épouse.

— Juste un dernier affrontement, Mère! s'exclame Miyuki lorsque Yukié abaisse son sabre.

Elle acquiesce d'un hochement de tête et sa fille pousse un petit cri ravi. Yukié s'amuse de la sonorité aiguë et enfantine de ce cri. Chez d'autres fillettes, il serait plutôt suscité par la vue d'un mignon chaton. Elle sait ce que Miyuki va lui demander à présent.

— Et cette fois, battez-vous comme si j'étais Imagawa!

C'est devenu leur rituel. Chaque jour, lors de leur dernier échange, Yukié met en œuvre tout son talent de combattante pour contrer les assauts de sa fille, sans brutalité, mais en ne lui laissant pas l'ombre d'une chance. Ces duels sont fort brefs, Yukié les remporte en un coup ou deux, mais ils permettent à Miyuki de mesurer ses progrès. La fillette a nommé ces affrontements les « combats contre Imagawa ». Il faut l'innocence d'une enfant pour utiliser ainsi le *nom* du puissant *daimyô* qui, depuis neuf ans, force le clan Oda et ses alliés à demeurer sur le pied de guerre.

Miyuki n'a pas connu le village montagnard où Yukié a grandi, sous la protection du seigneur Takayama. Elle n'a pas tremblé de peur en apprenant que le daimyô Imagawa avait ordonné à Takayama de se faire *seppuku*. Elle n'était pas encore née lorsque Takayama a mis son clan sous la protection du daimyô Oda Nobunaga. Pour elle, Nagoya n'est pas un lieu d'exil. Et Imagawa n'est qu'un nom effrayant parmi d'autres, comme le *kami* Kitsune au corps de renard.

Yukié se met en garde et observe sa fille qui prend gravement position face à elle. Elle sourit sous son masque. Miyuki s'améliore de jour en jour. La veille encore, elle se serait tenue avec les jambes trop écartées, comme pour encaisser une charge. Aujourd'hui, ses pieds sont bien placés dans l'axe de ses hanches, son poids réparti sur les pointes. La fillette a appris qu'il lui faut bondir et contourner, éviter les coups au lieu de tenter de leur résister.

À pas lents, Yukié avance vers sa fille, en déviant légèrement sur la droite. Miyuki imite ses mouvements, de façon à lui faire toujours face. Yukié lève légèrement son sabre, puis s'arrête, immobile, le temps de quelques battements de cœur, comme si elle hésitait. C'est une vieille ruse. Elle n'hésite pas : son sabre de bois est prêt à frapper. Lors d'un vrai combat, un adversaire impatient qui profiterait de cet instant pour se lancer à l'assaut se ferait trancher en deux. Un adversaire qui se détendrait, croyant que cette pause est un indice de peur, serait tué de même.

Miyuki n'est ni impatiente ni détendue. La fillette attend sans bouger. Yukié est prête à jurer qu'elle ne cille même pas. Finalement, Yukié s'élance, sabre haut levé, visant la tête de sa fille. Son sabre de bois en rencontre rapidement un autre. Tac. Le coup est bloqué. Le sabre de Yukié glisse contre celui de son adversaire pour aller frapper sous les côtes, mais la pointe de son arme effleure à peine l'armure de Miyuki. Sa fille, d'un bond léger, s'est mise hors de portée. Miyuki signifie « belle neige ». Aujourd'hui, l'enfant, vive et rapide comme un flocon dans la tourmente, se montre digne de son prénom.

La fillette revient à la charge, avec un coup visant la cuisse. Yukié pare l'assaut sans mal, tac, mais elle est surprise. Elle s'attendait à une attaque haute. Où Miyuki a-t-elle appris cette riposte ? Et d'où vient son propre étonnement ? Est-elle devenue si vieille et si lente, si usée par ses grossesses, qu'elle ne sait plus deviner les mouvements de son adversaire ?

Miyuki pose sa sandale sur une inégalité du sol. Son équilibre est compromis. Il lui faut se repositionner. Aussitôt, Yukié s'élance, sabre bas, comme pour frapper latéralement au corps. Miyuki reprend en hâte une position stable, prépare son sabre pour la parade et tend les muscles de ses jambes. La fillette a l'intention de bondir en arrière, Yukié le lit dans sa posture. Cependant, elle ne lui en laisse pas la chance. À mi-course, son coup latéral devient un mouvement en piqué, son bond en avant se prolonge d'une fente et son sabre de bois vient frapper durement l'armure de Miyuki, pile sur le nœud de nerfs qui réunit les muscles de son torse.

Malgré son armure rembourrée, Miyuki pousse un gémissement étranglé, souffle coupé. Sous son masque, Yukié se mord les lèvres. Distraite par ses angoisses, elle a sans doute frappé plus fort qu'à l'habitude. Elle déteste infliger quelque douleur à sa fille, même si, elle le sait, les souffrances surviennent tôt ou tard durant les entraînements. Même avec une armure. Yukié ne s'excusera pas. Elle n'expliquera même pas à sa fille ce qui s'est produit. Miyuki est suffisamment intelligente. Un jour, elle comprendra toute seule que le duel de ce jour marque la première fois où l'un de ses assauts a surpris sa mère.

— Tout va bien, Miyuki? lui lance Yukié.

Aussitôt, la fillette se redresse.

— Oui, Mère!

Sa voix est forte même si sa respiration paraît laborieuse. Courageuse. Talentueuse. Et elle n'a que huit ans.

— Je dois retourner à la maison, petite guerrière, dit Yukié en retirant son casque et son masque. Viens-tu avec moi?

Miyuki retire casque et masque à son tour. La pauvre fillette est en sueur. Son équipement, plus rembourré qu'une armure normale, doit être un véritable four. À sa place, Yukié aurait hâte de s'en défaire et de prendre un bain. Cependant, Miyuki désigne de la main un groupe de jeunes garçons qui s'exercent non loin.

— Non, Mère. Je vois cousin Sachirô là-bas. Il porte son sabre, peut-être voudra-t-il combattre un peu avec moi.

16

Yukié s'efforce de ne pas sourire trop largement en hochant la tête. Sa fille porte le nom de Yamaki, mais personne ne peut nier qu'elle possède le sang des Hanaken !

— Bien, mais sois rentrée pour le souper.

Alors qu'elle s'éloigne, elle entend sa fille lui lancer :

— Puis-je me battre un peu sans armure, Mère ?

Elle lui répond sans se retourner.

— Si ton père l'apprend, je lui dirai que je te l'avais interdit.

2

Satô est assis et lit, seul dans sa chambre de la tourelle sud de la forteresse de Nagoya, loin de l'agitation des cours intérieures et des terrains d'entraînement. Entre ses doigts robustes de maître d'armes, la délicate feuille de papier de riz semble presque translucide. Un pinceau délicat y a tracé de souples arabesques, empreintes de tendresse et de nostalgie.

Satô, honoré maître et protecteur,

J'ai de mauvaises nouvelles à vous apprendre. La santé de votre grand-mère n'a pas résisté aux neiges de l'hiver. Elle s'en est allée en serrant contre elle la lance de votre sœur et la dernière lettre que vous nous avez écrite. Je suis seule à présent pour porter le nom des

Hanaken. C'est un lourd fardeau, mais un grand honneur. Je m'occupe de l'autel de vos ancêtres, en espérant qu'ils ne s'offusqueront pas qu'une belle-fille, et non une enfant de leur sang, leur serve du riz et du saké. Le vieux Saburo a perdu toutes ses dents cet hiver et il ne sort plus guère de la demeure du seigneur, mais il est toujours le chef de nos troupes et les hommes tremblent en entendant son nom. J'espère que mon fils se porte bien. Je suis heureuse qu'il ait la chance de grandir auprès de vous et non dans un village de montagnes plein de femmes et de vieillards. Je vis cependant dans l'attente que cette guerre se termine, que le clan Takayama soit à nouveau réuni et la famille Hanaken également.

Votre dévouée servante, Kiku

Satô dépose la lettre d'une main tremblante. Depuis neuf ans, les missives de Kiku, qui lui parviennent de temps à autre grâce aux courageux messagers chargés par le seigneur Takayama d'assurer les communications avec son *fief*, constituent son seul lien avec le village qui l'a vu grandir. Un endroit qu'il imaginait paisible, inchangé, comme une île lointaine où il pourrait un jour se réfugier à l'abri des guerres incessantes. L'illusion est brisée. Grand-mère morte. Saburo édenté. Kiku seule dans la demeure familiale, seule devant l'autel des ancêtres… Seule, loin de l'enfant qu'elle a porté.

Neuf ans plus tôt, alors qu'il était piégé par le daimyô Imagawa, le seigneur Takayama a envoyé Satô au village afin qu'il ramène des arquebuses et les hommes entraînés à les manier. Takayama voulait utiliser les

19

armes à feu pour faciliter sa fuite et obtenir la protection du clan Oda. Au village, Satô est tombé sur son neveu et fils adoptif, Sachirô. Persuadé que l'enfant serait plus en sécurité auprès de lui, il l'a enlevé à sa mère et emmené avec lui sur les routes. Kiku n'a jamais exprimé de colère ou de ressentiment quant à cette décision. Cependant, Satô la regrette parfois amèrement. Jamais il n'aurait pensé que les guerriers du clan Takayama resteraient si longtemps en exil, séparés de leur village de montagnes par la vaste armée d'Imagawa.

L'une des cloisons de la chambre coulisse avec un chuintement et l'enfant apparaît justement sur le seuil. Aussitôt, Satô fronce les sourcils. Il y a quelques gouttes de sang sur le col du *kimono* de Sachirô. Cependant, celui-ci ne semble pas blessé.

— Que s'est-il passé, Sachirô ?

Le garçon entre, puis se laisse tomber de tout son long sur les *tatamis* avec un soupir découragé.

— Miyuki m'a donné un coup de sabre sur le nez ! grogne-t-il.

Satô s'efforce de ne pas montrer son amusement. À presque onze ans, Sachirô est d'une stature frêle comparé à sa cousine de huit ans et il ne possède pas son talent inné pour le maniement du sabre. Sachirô remporte tout de même la majorité de leurs affrontements, mais chaque coup porté par sa cousine est une cuisante blessure d'orgueil. La situation n'inquiète pas Satô outre mesure : Miyuki démontre un talent exceptionnel, certes, qui dépasse peut-être même celui de sa mère à son âge, mais Sachirô est un élève appliqué. Un jour, il héritera du titre de maître d'armes et il s'en montrera digne.

— Ne t'en fais pas, répond Satô à son neveu. Lorsque j'avais ton âge, ta tante Yukié m'a infligé bien pire.

Le garçon ne répond pas, couché sur le dos, les yeux fixés sur le plafond, mais, Satô le devine attentif.

— Jusqu'à douze ans, elle était plus grande que moi. Je perdais tous nos duels. De plus, j'avais du mal à tenir mon sabre. Elle me le faisait sauter des mains, puis continuait à feinter et à frapper le vide pour m'empêcher de le récupérer. Je me suis souvent retrouvé désarmé, les bras ballants, à endurer les rires des autres garçons du village jusqu'à ce que Yukié accepte finalement de me redonner mon sabre.

Sachirô se redresse sur un coude, soudain curieux.

— Et ces garçons qui ont ri de vous à l'époque, ils respectent votre autorité à présent ? Ils ne rient plus ?

Ah, voilà donc ce qui inquiète son neveu. Satô est heureux de pouvoir le rassurer.

— Oh non, ils n'oseraient plus rire. Je suis devenu meilleur que ta tante avec les années. Et d'ailleurs, même à l'époque, aucun d'entre eux n'aurait voulu affronter Yukié ! Ils avaient bien trop peur de subir le même sort que moi.

Le visage de Sachirô s'éclaire d'un large sourire.

— C'est la même chose pour moi ! Les garçons qui se moquent de mes défaites évitent toujours de se battre avec Miyuki ! Ils auraient donc peur d'elle ?

Satô répond d'un hochement de tête entendu. Il s'étonne de constater à quel point, d'une génération à l'autre, les enfants ne changent guère. Hier, c'était lui qui rentrait de l'entraînement avec le nez en sang. Il est si facile, dès qu'on a un peu vécu, d'offrir aux plus jeunes quelques vérités qu'ils accueilleront comme l'expression d'une extraordinaire sagesse!

— J'ai bien hâte d'être aussi grand que vous, Père, reprend Sachirô en soupirant. Même la taille de tante Yukié me suffirait. Pour le moment, je suis un bien petit Hanaken!

Il a raison, Satô doit l'admettre.

— Tu as peut-être hérité de la stature de ta mère, remarque-t-il.

En évoquant Kiku, Satô sent se raviver en lui le chagrin causé par la dernière lettre de la jeune femme.

— Parlez-moi d'elle, demande Sachirô.

Satô ne sait pas si le garçon a conservé des souvenirs de sa mère. Il soupçonne que non. Que le seul lien l'unissant à la femme qui lui a donné le jour, ce sont les rares lettres qui leur parviennent. Et ses propres souvenirs, qu'il lui a racontés, encore et encore.

— C'était l'une des plus jolies filles du village, menue, douce et délicate comme une perle de rosée, mais sa famille était pauvre et de *rang* modeste. Jamais un Hanaken ne l'aurait épousée, malgré sa beauté et sa gentillesse, car nous pouvions espérer des mariages beaucoup plus prestigieux. Cependant, lorsque mon père a trahi le seigneur et plongé notre famille dans la dis-grâce, seule la famille de Kiku a accepté d'offrir une épouse à mon frère aîné, Ichirô.

Satô continue de discourir, évoquant l'entrée de Kiku dans la famille Hanaken. La chaleur et la tendresse que la jeune femme a apportées à la maisonnée. Puis la trahison et la mort d'Ichirô, alors que Kiku était enceinte. Satô raconte son nouveau rôle de chef de famille et de père adoptif. Il s'efforce de présenter l'histoire sous un beau jour. De rendre Sachirô fier de ses origines. Son père était un traître, certes, mais c'était un bon combattant. Le garçon n'a pas besoin de savoir qu'il était également orgueilleux et bagarreur. Et que Kiku, le jour de leur mariage, avait beaucoup pleuré.

À son discours habituel, Satô ajoute les dernières nouvelles. Il laisse son neveu lire la lettre de sa mère, en lui soulignant l'élégance des caractères. Il faut beaucoup de délicatesse et de retenue pour écrire aussi bien. Satô a déjà entendu des lettrés dire que la vraie beauté d'une femme se juge à sa calligraphie.

Dans sa chambre de la tourelle sud de la forteresse de Nagoya, qu'il partage depuis des années avec son neveu, assis sur les tatamis, au milieu de râteliers d'armes, de pièces d'armures et de coffres à kimonos fatigués, Satô se rend compte que l'élégance et la délica-tesse sont deux qualités qui manquent à sa vie depuis longtemps. Elles visitent rarement les champs de bataille et les forteresses.

Des pas, dans le corridor, le ramènent à la réalité. La cloison coulisse, révélant un jeune soldat agenouillé. Il porte les couleurs du daimyô Oda Nobunaga.

— Maître Hanaken, annonce-t-il, le seigneur Oda vous attend pour un conseil de guerre.

3

— Bara! Bara! Maman est revenue!

Le cri accueille Yukié dès qu'elle atteint la galerie de sa demeure. Il est aussitôt suivi d'une cavalcade de petits pieds nus. Elle se prépare mentalement à l'assaut qu'elle va subir. Ses deux garçons surgissent sur la galerie, Eijirô en tête, déjà grand pour ses cinq ans, le petit Fuu, trois ans, sur ses talons. Sans lui laisser le temps de retirer son armure ou même de déposer son casque, les enfants s'agrippent à ses mollets, malmenant ses jambières et délogeant la poussière qui a imprégné les plis de son *hakama*.

— Maman, j'ai appris un nouveau poème aujourd'hui! s'exclame Eijirô.

— Maman, prends-moi! implore Fuu.

— J'ai touché la cible avec mon arc ce matin !

— Maman !

— Est-ce que je peux tenir ton casque, maman ?

— Prends-moi, maman !

Ils sont deux, mais ils chahutent comme douze ! Elle prend son cadet dans ses bras et s'efforce de suivre le babillage de son fils aîné. Fuu se cogne la tête contre l'acier de ses épaulières en tentant de lui faire un câlin trop vigoureux. Il se met à pleurer. Yukié s'efforce de le consoler, tout en se demandant si elle ne devrait pas plutôt le gronder pour son imprudence. Pourquoi réagit-il de façon aussi excessive à chaque fois qu'elle le quitte une heure ou deux pour s'entraîner ? Et Eijirô ! Ne pourrait-il pas attendre un moment plus calme pour lui raconter sa journée ? Le voilà qui se lance dans la récitation d'un poème appris cet après-midi, mais il est si excité qu'il en oublie la moitié, bute, recommence… À quel âge ses garçons commenceront-ils à acquérir un peu de la réserve propre aux samouraïs ? Est-elle une si mauvaise mère qu'elle n'arrive pas à leur donner le bon exemple ?

— Maman, tu ne m'écoutes pas ! s'écrie soudain le garçonnet.

Prise au dépourvu par la perspicacité de son fils, elle ne voit qu'une seule échappatoire.

— Bara ! s'exclame-t-elle.

Aussitôt, la femme surgit sur la galerie. La cinquantaine vigoureuse, Bara est habillée avec la simplicité des servantes, mais ses gestes sont empreints d'autorité.

Jadis, elle a été la concubine du seigneur Oda Nobuhide, le père d'Oda Nobunaga, l'actuel daimyô. Engagée à l'origine par Satô pour prendre soin de Sachirô, elle est devenue l'intendante de la demeure de Yukié et de Yamaki lorsqu'ils se sont mariés. Elle vit sous leur toit, veille à la cuisine et au ménage, mais surtout aux soins des enfants, des tâches pour lesquelles Yukié démontre peu d'aptitudes. Yukié sait gérer une maisonnée, mais elle a toujours eu une servante ou une belle-sœur sous ses ordres pour exécuter les tâches complexes. Sans la présence maternelle de Bara, elle aurait sans doute noyé Miyuki en lui donnant son premier bain, brûlé le riz rouge de la fête des Garçons, ruiné les kimonos en voulant les raccommoder... Et son union avec Yamaki aurait tourné depuis longtemps à la catastrophe !

Malgré l'aide de Bara, les dernières années ont été difficiles. Le clan Oda a dû réprimer des soulèvements internes, puis il a été impliqué dans de nombreuses batailles contre les troupes d'Imagawa. Chaque fois, Yukié a regardé son époux, son frère et son seigneur partir à la guerre, sans pouvoir les accompagner. Jeune épouse, il lui fallait donner des fils à son mari et non risquer sa vie sur les champs de bataille. Plus tard, en tant que mère de bambins, il était hors de question qu'elle s'éloigne de chez elle pour participer à des campagnes militaires. Lorsqu'enfin Eijirô a eu trois ans et a commencé son éducation formelle sous la houlette des hommes, elle a pu espérer reprendre son rôle de guerrière, mais les autres femmes du clan lui ont rappelé qu'une épouse ne se bat que lorsque sa demeure est en danger. Et un seul fils, c'était une bien maigre postérité...

Elle aurait pu argumenter. N'avait-elle pas suffisamment sacrifié de temps et d'énergie à son rôle d'épouse ? Cependant, elle s'était découverte enceinte à nouveau. En naissant, Fuu avait failli la tuer. Ce qui avait réglé plusieurs questions : la famille Yamaki avait désormais deux fils. Et, les médecins étaient unanimes, Yukié ne porterait plus d'enfant.

— Ils sont heureux de vous voir, n'est-ce pas ? remarque Bara en dépliant patiemment les menottes de Fuu, qui s'accroche à l'armure de Yukié comme si sa vie en dépendait.

— À les voir agir, on dirait que j'étais partie m'entraîner depuis un mois, répond Yukié.

— Mais je ne t'ai pas vue ce matin, maman ! s'exclame Eijirô, qui a suivi l'échange.

Elle hausse les épaules, un peu découragée. Il ne sert à rien de raisonner un enfant de cet âge. Même Miyuki, petite, se montrait accaparante. Heureusement, son sabre de bois est vite devenu son jouet préféré et Yukié a pu lui en enseigner le maniement. Cela lui a permis de passer du temps avec sa fille dans le cadre d'une activité qui seyait à des samouraïs. Eijirô, qui préfère les tambours et les ennuyeux pinceaux, est beaucoup plus difficile à comprendre et à contenter. Par moments, elle se demande comment elle et Yamaki, deux solides guerriers, ont pu donner naissance à un garçon si émotif et si délicat.

— Ne vous en faites pas, Eijirô, le rassure Bara, votre mère saluera votre départ demain matin, n'est-ce pas ?

Elle fronce les sourcils à l'adresse de son intendante. Qu'est-ce que c'est que cette histoire? Pourquoi encourage-t-elle le comportement de son fils? Il n'est pas digne d'un samouraï d'être aussi attaché à sa mère.

— Votre époux est passé tout à l'heure, explique Bara. Il est venu annoncer à Fuu que, dès demain matin, il ira étudier avec son frère, à la forteresse. Votre époux juge que son second fils n'a plus l'âge de passer ses journées avec les femmes. N'a-t-il pas raison?

L'espace d'un instant, elle est furieuse de découvrir que Yamaki a pris cette décision sans la consulter. C'est la prérogative de l'époux, certes, mais il aurait pu lui en parler! Sa colère est cependant de courte durée, chassée par la joie que lui inspire la nouvelle. Elle reprend son fils des bras de Bara, le soulève dans les airs et tourne sur elle-même, au grand plaisir du garçonnet.

— Mon petit homme! s'exclame-t-elle. Te voilà prêt à devenir un samouraï!

— Samouraï! répète Fuu en riant.

— Moi aussi je suis un samouraï, hein, maman? s'inquiète Eijirô.

Elle dépose son fils cadet au sol, près de son aîné, et s'accroupit pour être à la hauteur de ses garçons. L'odeur de leurs cheveux frais lavés, douce, presque sucrée, vient chatouiller ses narines et lui gonfle le cœur d'amour. Elle aurait envie de les serrer contre elle et de les embrasser, mais une bonne épouse ne se livre pas à de telles démonstrations de tendresse envers des enfants qui ont dépassé le stade de nourrisson.

— Bien sûr que tu es un samouraï, dit-elle. Vous allez devenir de grands guerriers plus tard, comme votre père et votre oncle Satô.

— Et comme toi ? demande encore Eijirô.

Elle sourit devant la naïveté de son fils.

— Mieux que moi, même, lui répond-elle.

Car ils n'auront pas à porter des enfants, puis à attendre qu'ils aient l'âge d'être élevés par les hommes du clan. Seule leur sœur assumera ce fardeau. Yukié sent la culpabilité lui serrer la gorge. Elle ne devrait pas penser ainsi. Les autres mères, elle le sait, pleurent lorsque leurs garçons commencent à passer leurs journées loin de la demeure. Elle ne partage pas leur détresse. Enfant, elle aurait voulu partir avec Satô tous les matins. Passer ses journées avec les garçons, étudier la cérémonie du thé, la musique, la poésie, l'écriture. À la place, elle a appris ces matières en compagnie de sa grand-mère, de sa mère et de sa sœur Misaki, lorsque l'enchaînement des tâches ménagères leur en laissait le temps. Encore aujourd'hui, sa calligraphie est mauvaise, elle ne saurait pas organiser une cérémonie du thé et elle n'a aucune oreille musicale. Elle n'a étudié correctement que l'art du sabre, parce qu'elle a insisté et parce que Père souhaitait que ses filles fassent honneur à leur nom.

Ses garçons lui manqueront sans doute, mais elle n'a pas l'intention de demeurer dans la maison vide, à se morfondre en dépoussiérant les tatamis. Elle sait depuis longtemps de quelle façon elle profitera de sa liberté retrouvée.

Pour cacher son trouble, elle ébouriffe les cheveux de ses fils.

— N'avez-vous pas envie d'un bain ? lui demande Bara. L'eau est chaude. Et votre époux m'a prévenue qu'il ne fallait pas l'attendre pour manger.

Yukié se redresse. Un bain lui ferait le plus grand bien. Mais l'absence de Yamaki la surprend.

— Où est-il donc allé ?

— Se pourrait-il que j'aie cru comprendre que le seigneur Oda l'a convoqué pour un conseil de guerre ? dit Bara. C'est le seigneur Singe qui est venu le chercher.

Yukié fronce les sourcils. Le seigneur Singe. C'est le surnom de Hideyoshi, un nouveau venu dans l'entourage d'Oda Nobunaga. D'origine paysanne, Hideyoshi n'était qu'un *ashigaru*, l'un de ces fantassins sans entraînement qui portent des lances ou des arquebuses, jusqu'à ce qu'il se fasse remarquer par sa discipline et son talent. Nobunaga lui a donné des sabres de samouraï et lui a confié la tâche de porter ses sandales, c'est-à-dire de le servir personnellement en tant que garde du corps. Toutefois, il l'a également affublé de ce surnom ridicule, une allusion à son apparence disgracieuse. Surnom que tous les serviteurs et les samouraïs de bas rang utilisent sans gêne, comme pour rappeler à Hideyoshi ses origines modestes.

— Ce n'est pas la faute de Hideyoshi s'il est laid. S'il te plaît, Bara, ne l'appelle pas ainsi.

— Ma chère maîtresse, se récrie Bara, n'insinuez-vous pas que le seigneur Oda aurait affligé son *vassal* d'un nom humiliant? Quelle arrogance!

Elles éclatent toutes deux de rire, sous les yeux surpris des garçons. Bara, plus que quiconque, connaît les travers de Nobunaga. Le daimyô est un stratège militaire génial, mais pas un modèle de sagesse.

Yukié contemple un instant ses deux fils. Elle les a mis au monde. Elle les a protégés durant les fragiles années de la petite enfance. À présent, ils n'auront plus besoin d'elle au quotidien. Sa fille, quant à elle, est indépendante depuis longtemps. Son devoir de mère et d'épouse est accompli. La famille Yamaki peut compter sur une solide descendance. Un conseil de guerre est en cours... Il est enfin temps pour elle de redevenir une Hanaken.

— Le bain sera pour plus tard, annonce-t-elle à Bara en recoiffant son casque. Je me rends à la forteresse. Ce conseil m'intrigue. Ne m'attends pas non plus pour manger.

En entrant dans la salle d'audience privée du seigneur Oda Nobunaga, Satô remarque qu'il y règne, comme à l'habitude, le plus grand désordre. Les lieux sentent le renfermé. Diverses missives sont éparpillées sur les tatamis. Des flacons de saké vides côtoient les bouteilles d'encre et les pinceaux. Au milieu de la pagaille, le seigneur Oda est dignement assis, vêtu d'une veste *haori* brodée de fleurs à cinq pétales, symbole de son clan, et de l'un des kimonos à une seule manche qu'on confectionne expressément pour lui. Le bras nu que Nobunaga exhibe est celui, musclé, d'un archer de talent. À vingt-six ans, le seigneur Oda est au sommet de sa forme physique.

Satô s'incline devant le jeune daimyô, amusé de constater les efforts que celui-ci consacre désormais aux apparences. Plus jeune, Nobunaga aurait accueilli ses conseillers avec une coupe de saké à la main, avachi sur les tatamis, le bras négligemment sorti par l'encolure de son kimono, comme un archer de bas rang. Satô gagne sa place en s'efforçant de ne pas marcher sur les objets qui encombrent les tatamis. Peut-être un jour Nobunaga arrivera-t-il à réfléchir sans créer le chaos autour de lui.

Le seigneur Takayama, chef du fief d'où viennent les Hanaken, est déjà présent. Satô s'incline dans sa direction, moins profondément qu'il ne s'est incliné devant Nobunaga, puis il adresse des saluts encore moins marqués à Mitsu, l'oncle de Nobunaga, et au seigneur Katsui. Il s'efforce de ne pas afficher sa surprise en voyant que Katsui, un homme digne et un vassal important de Nobunaga, s'est bel et bien laissé pousser des moustaches à la chinoise. La rumeur voulant que sa nouvelle concubine l'ait convaincu d'exaucer ses caprices serait donc vraie ! Il hoche à peine la tête à l'intention du nouveau venu, Hideyoshi, qui lui retourne un profond salut, tel que le mérite un maître d'armes. Nobunaga méprise les questions de rang et les bonnes manières, mais Satô est soulagé de constater que Hideyoshi, son garde du corps, respecte la hiérarchie. Pour un samouraï, il est important de toujours bien identifier ses supérieurs. Ainsi, au cœur d'une bataille, on sait qui donne les ordres et qui doit obéir. On ne perd pas de temps à argumenter.

Une cloison s'ouvre et se referme en deux claquements secs. Yamaki est entré à son tour dans la pièce. Après s'être incliné devant Nobunaga, il s'installe aux côtés de Satô. De nouveaux saluts s'échangent en silence.

— Tout le monde est là ? Les courbettes sont terminées ? grogne Nobunaga.

Satô se mord les lèvres pour réprimer son rire. Les autres conseillers lèvent les yeux au ciel, de façon plus ou moins discrète. Seul Takayama garde un visage impassible.

— Oui et oui, seigneur Oda, répond-il.

— Bien ! Alors, procédons, commande Nobunaga. Seigneur Singe, lis.

Hideyoshi, ainsi interpellé, sort une feuille de sa manche et la déplie en s'éclaircissant la gorge. Satô ne peut s'empêcher d'apprécier la justesse du surnom dont Nobunaga a affublé son vassal. Avec ses sourcils touffus, sa grande bouche pincée et sa peau de paysan brunie par le soleil, Hideyoshi a bel et bien l'air d'un singe.

— C'est un rapport de l'un de nos espions, annonce Hideyoshi. Il confirme nos soupçons : Imagawa a marié ses fils et ses filles avec les enfants de ses ennemis, les Hôjo et les Takeda. La paix règne désormais entre eux.

Cette nouvelle a d'importantes implications. Les Imagawa, les Hôjo et les Takeda sont les trois clans les plus puissants du pays. Depuis des années, leurs daimyô sont en guerre permanente, ce qui a permis au clan Oda de survivre. Or, s'ils ont conclu une alliance…

— Cela signifie que nous sommes dorénavant les derniers ennemis déclarés du clan Imagawa, remarque sombrement le seigneur Katsui.

À ces mots, Satô sent son souffle se bloquer dans sa gorge. Le daimyô Imagawa a cinq fois plus de samouraïs que le clan Oda et ses alliés. Si les Hôjo et les Takeda joignent leurs forces aux siennes, Nobunaga et son armée seront balayés en un instant. Soufflés comme des fleurs de cerisier sous la bourrasque.

Takayama intervient alors, aussi calme que s'il discutait du menu d'un prochain banquet.

— Cette paix ne tiendra pas, affirme-t-il.

— Eeeh, seigneur Takayama, répond Mitsu, je suis assez d'accord avec vous. Cependant…

— Cependant, je me dois de vous signaler que nos espions affirment qu'Imagawa convoite le titre de *shôgun*, coupe Hideyoshi.

L'annonce ne surprend pas Satô. Le shôgun est le chef militaire du pays, le samouraï du plus haut rang, nommé par l'empereur lui-même. Celui qui, pour le moment, possède le titre n'a pas une armée aussi puissante que celle d'Imagawa, mais il est prudemment installé près de la cité impériale… Et il compte peu d'ennemis officiels. Évidemment, tous les daimyôs rêvent de lui ravir son titre et de devenir shôgun, mais personne n'est assez arrogant pour défier ouvertement un homme choisi par l'empereur. Personne, sauf peut-être Imagawa.

— S'il veut la place du shôgun, il devra se rendre, avec son armée, jusqu'à la cité impériale, réfléchit Yamaki à haute voix. Il ne convaincra l'empereur de lui décerner le titre que s'il l'effraie suffisamment.

Effrayer l'empereur. Lui extorquer un titre. L'idée met Satô mal à l'aise. L'empereur est le descendant des kamis. Le devoir de tout samouraï est de le protéger, pas de lui arracher des titres et des faveurs. Toutefois, voilà bien des générations que les samouraïs les plus puissants négligent leurs devoirs.

— Vous, hum, vous avez raison, capitaine Yamaki, approuve Mitsu.

— Toujours selon nos espions, Imagawa a confié à l'un de ses vassaux toute la gestion des affaires courantes de son clan, ajoute Hideyoshi.

Satô voit Takayama et Mitsu pâlir en entendant cette nouvelle. Yamaki aussi a remarqué les expressions de leurs aînés et il lève un sourcil interrogateur. Satô accroche le regard de son beau-frère et hausse discrètement les épaules : lui non plus ne saisit pas ce qui inquiète les deux hommes. Il est maître d'armes, pas stratège militaire ou diplomate de génie.

— D'accord, d'accord, j'ai compris ! s'exclame quant à lui Nobunaga. Imagawa s'est déchargé de ses tâches de chef de clan pour se mettre à la tête de son armée. Il veut devenir shôgun, il va donc marcher sur la cité impériale. Et si on en venait aux faits importants ?

Que pourrait-il y avoir de plus grave que de voir leur ennemi devenir le chef suprême de tous les samouraïs ? Une fois en poste, Imagawa pourrait lancer toutes les armées du pays contre eux ! Ou alors il pourrait ordonner, au nom de l'empereur, que les dirigeants du clan Oda s'ouvrent le ventre lors d'un seppuku.

Le seigneur Takayama prend la parole. Sa voix, comme toujours, est calme et profonde. Cependant, Satô y entend l'écho d'une inquiétude.

— Imagawa désirera atteindre la cité impériale le plus rapidement possible, pour éviter que le shôgun actuel ne réagisse, explique-t-il. Or, nous nous trouvons en travers de son chemin.

5

Lorsque Yukié a pénétré, en armure, dans l'antichambre de la salle d'audience d'Oda Nobunaga, les quatre gardes en poste ont semblé surpris de sa présence, mais ils l'ont saluée avec courtoisie et lui ont indiqué d'attendre à l'entrée de la pièce, loin des cloisons coulissantes menant à la salle d'audience proprement dite. Eux-mêmes se tenaient agenouillés au centre de la vaste antichambre, suffisamment loin pour ne pas entendre les paroles qui s'échangeaient à voix basse dans la pièce derrière eux, mais assez près pour bondir au moindre cri d'alarme.

Yukié s'est installée sur les tatamis et admire les rouleaux calligraphiés qui décorent les murs. L'un d'eux, en particulier, retient son attention. L'artiste calligraphe a légèrement tordu ses caractères pour leur donner du mouvement, de la légèreté. On dirait des oiseaux en vol. Yukié s'efforce de déchiffrer leur sens. Les calligraphies les plus belles ne sont pas aisées à lire. Celle-ci est un poème qui dit…

L'ombre des oiseaux sur l'eau
Ne laisse pas de trace
Sauf dans mon esprit

En lisant ces mots, elle imagine le calligraphe, assis au bord d'une rivière, les yeux perdus dans le courant. Soudain, des ombres apparaissent au fil de l'eau, gracieuses et fugaces. L'artiste lève les yeux. Les oiseaux se sont déjà éloignés. Il n'a vu que leur reflet, pendant un instant, et pourtant il ne peut les oublier.

Les samouraïs fidèles à leurs devoirs sont semblables à ces oiseaux. On ne les remarque pas pour eux-mêmes, mais seulement pour les effets de leurs actions et de leurs sacrifices. Cependant, lorsqu'ils disparaissent, leur souvenir demeure. Yukié comprend pourquoi cette calligraphie a été accrochée ici, dans l'antichambre d'un puissant daimyô. C'est pour rappeler aux vassaux que la gloire éclatante n'est pas celle qui dure le plus longtemps.

Le claquement des cloisons tire Yukié de ses réflexions. La réunion s'est terminée dans la salle d'audience, car les conseillers de Nobunaga en émergent les uns après les autres et se dirigent vers la sortie de l'antichambre, près de laquelle elle est assise. Mitsu, le moustachu Katsui et Hideyoshi la croisent sans la remarquer, mais Takayama et Satô s'arrêtent à sa hauteur.

Yukié s'incline devant eux avant de se lever pour leur parler plus à l'aise.

— Ah, Yukié, je suis content de te voir ! s'exclame Satô.

Malgré le sourire sincère qu'il lui adresse, Yukié fronce les sourcils : la voix de son frère trahit de profondes inquiétudes. Elle aperçoit Yamaki qui s'approche de leur petit groupe. Elle sent tous ses muscles se tendre, comme si elle s'apprêtait à combattre. Pour la première fois depuis leur mariage, elle contrevient à son rôle d'épouse. La confrontation avec Yamaki est inévitable.

— Effectivement, Dame Hanaken, votre présence nous avait manqué, ajoute Takayama.

Par-dessus l'épaule du seigneur, Yukié voit Yamaki serrer les mâchoires. Takayama l'a appelée « Dame Hanaken », comme le font presque tous les samouraïs. Or, voilà plus de huit ans qu'elle a donné des enfants à Yamaki, officialisant ainsi leur mariage. On devrait la désigner sous le nom de « Dame Yamaki ». Toutefois, le nom des Hanaken lui colle à la peau. Elle en est bien aise, mais son mari n'aime pas qu'on le lui rappelle.

— Qu'est-ce que tu fais ici ? lui lance Yamaki.

La question, posée d'un ton dépourvu d'agressivité, ne l'étonne pas. Cependant, elle est surprise de voir que Satô et Takayama paraissent troublés par la brusquerie de Yamaki. Croyaient-ils vraiment que le capitaine des gardes de Takayama serait heureux de trouver son épouse, en armure, dans l'antichambre d'un conseil de guerre ?

— Est-il possible que j'aie pu comprendre, mon seigneur époux, que notre clan pourrait se préparer à de nouvelles batailles? répond-elle avec une politesse destinée à adoucir son mari et à racheter l'impression donnée par sa question.

Yamaki attrape la manche de son kimono et l'entraîne un peu à l'écart de Satô et de Takayama, qui ont reculé d'un pas et regardent ailleurs, ainsi que les bonnes manières l'exigent lorsqu'on se retrouve témoin d'une conversation qui ne nous concerne pas.

— Le clan, oui. Les mères de famille, non, dit calmement Yamaki.

Elle savait que, tôt ou tard, Yamaki et elle se querelleraient à ce propos. Elle espérait qu'en mettant son époux devant les faits, dans un lieu public, elle éviterait la majeure partie de la discussion. Elle baisse la voix jusqu'au murmure avant de répliquer.

— Ma famille se portera très bien sans moi.

À ces mots, Yamaki secoue la tête.

— Ton devoir est auprès d'eux, Yukié.

— Pour faire quoi? J'ai élevé notre fille de mon mieux et tu ne peux même pas cacher ta déception devant ses aspirations guerrières! Remercie plutôt les kamis que je veuille m'éloigner de tes fils!

— Ne parle pas ainsi! s'exclame-t-il.

— Tu aurais dû épouser une servante, pas une guerrière!

Un bruit de porcelaine fracassée ponctue la dernière phrase de Yukié. Elle prend alors conscience du volume de sa voix. Le murmure est dépassé depuis longtemps ! Elle sent la chaleur lui monter aux joues. Yamaki et elle viennent de se livrer à une scène de ménage en règle. Devant Satô, Takayama, les gardes de Nobunaga et... Nobunaga lui-même.

Elle remarque en effet la présence du daimyô, sur le seuil de sa salle d'audience, un *wakizashi* dégainé à la main. À ses pieds se trouvent les débris d'un flacon de saké. Sans doute la source du bruit qui a interrompu la querelle.

— Je n'ai pas encore assez bu, voyez ! s'exclame Nobunaga comme s'il poursuivait une conversation entamée. Je peux encore lancer un flacon en l'air et le frapper d'un coup de sabre avant qu'il ne retombe. Allez donc me chercher d'autre saké !

L'un des gardes s'incline et quitte la pièce, tandis que l'autre commence à ramasser les tessons de porcelaine. Nobunaga se détourne à demi, comme s'il s'apprêtait à retourner s'installer au fond de sa salle d'audience, puis s'arrête.

— Dame Hana... Dame Yama... Yukié ! dit-il.

Surprise d'être interpellée, elle se détourne de Yamaki, s'avance vers le daimyô et exécute un salut guerrier.

— Oui, mon seigneur ?

— Ah, j'avais bien cru entendre ta voix.

Elle se mord les lèvres, submergée par la honte. Du fond de la salle lui parvient la toux étranglée que Satô utilise depuis des années lorsqu'il veut camoufler un rire. Comment son frère peut-il s'amuser de la situation ? Elle a terni son honneur et celui des Hanaken.

— Nous nous préparons pour une drôle de guerre, Yukié, dit Nobunaga sans prêter attention à Satô. Pleine de tractations et d'espionnage. Et j'ai toujours pensé que les guerrières constituaient les meilleurs espions.

Ne sachant trop si cette affirmation est une insulte, un compliment ou une simple réflexion, elle préfère rester silencieuse. Avec ses joues cramoisies de gêne, elle ne se sent pas l'âme d'une dissimulatrice.

— Yamaki ! lance Nobunaga comme s'il avait oublié la présence de Yukié.

Yukié entend son époux s'avancer à son tour et s'incliner.

— Amène ton épouse lors des prochains conseils de guerre. Elle nous sera utile.

Tandis que Nobunaga se détourne et regagne sa salle d'audience, Yukié baisse la tête pour cacher sa satisfaction. Une épouse doit obéissance à son mari. Mais tous s'inclinent devant les souhaits du daimyô.

6

Satô piétine pour contrer la fraîcheur humide de l'air matinal. Le soleil n'a pas encore atteint le pied des remparts de la forteresse. Autour de lui, les samouraïs qui se livrent des duels au sabre de bois n'ont pas froid, puisque l'exercice les réchauffe, mais son rôle de maître d'armes le condamne à une frileuse immobilité. Au loin, on entend des tirs d'arquebuse. Nanashi, son ami à la main déformée qui a servi de secrétaire à Takayama jusqu'à ce qu'on découvre son talent avec les armes à feu, doit avoir intensifié l'entraînement des ashigarus. D'ordinaire, Nanashi ne sort pas les teppôs si tôt le matin : l'humidité est mauvaise pour la poudre et les mèches.

Pour Satô, la situation est d'autant plus inconfortable qu'il ne sait où diriger son attention. En prévision de la bataille prochaine contre Imagawa, plusieurs jeunes hommes ont reçu leur deuxième sabre la veille, sous le regard bienveillant du kami de la pleine lune. Ce matin, ils s'entraînent pour la première fois avec les adultes. Et le résultat est catastrophique.

Satô passe dans les rangs, corrige la posture d'un jeune garçon, le déplacement d'un autre. Il a passé les dernières années à entraîner des adultes, toujours sur le point de livrer une bataille ou une autre. A-t-il perdu l'habitude de superviser des guerriers débutants ? Ou ceux-ci sont-ils particulièrement mauvais ? Était-il si maladroit lorsqu'il était jeune ?

Il s'arrête, tourne un instant le dos aux combattants et sourit. Jadis, il échappait continuellement son sabre. Il était sans doute moins talentueux que la plupart de ces nouveaux samouraïs !

Perdu dans ses souvenirs, il lui faut un moment avant de remarquer l'homme qui s'avance vers lui à vive allure. Le nouvel arrivant porte des vêtements de samouraï, mais se déplace comme un paysan ou un porteur, à longs pas rapides et sans grâce. Son crâne partiellement chauve luit au soleil. Avant même d'apercevoir son visage, Satô devine qu'il s'agit de Hideyoshi.

— Maître Hanaken ! s'écrie en effet le seigneur Singe de sa voix grinçante dès qu'il est suffisamment près pour être entendu. Le seigneur Oda nous demande de toute urgence !

Nobunaga n'utilise pas en vain des termes aussi pressants. Après avoir délégué la direction de l'exercice à un subordonné, Satô s'élance en direction de la forteresse. Bientôt, il entend d'autres pas faire écho aux siens. Il tourne la tête : Yamaki court à sa suite.

Le temps de rejoindre l'antichambre de Nobunaga, ils transpirent tous deux abondamment. Takayama, Katsui et Mitsu sont déjà là, à peine moins essoufflés. Les trois seigneurs n'ont plus l'âge de se presser dans les couloirs de la forteresse, mais en bons samouraïs, ils ont mis leur dignité de côté afin de répondre rapidement à l'appel de leur daimyô. Les moustaches de Katsui, agitées par la respiration courte et rapide du seigneur, semblent animées d'une vie propre.

Nobunaga lui-même leur ouvre les portes de la salle d'audience. Le désordre habituel règne dans la pièce, mais la lumière crue qui entre par les fenêtres ouvertes semble en aggraver l'aspect. Satô vient de prendre place lorsque Hideyoshi arrive, en compagnie de Yukié. Sa sœur rayonne. Elle s'incline devant chacun des membres de la petite assemblée avec tant de grâce, un sourire au bord des lèvres, que Nobunaga semble oublier de maugréer devant le temps perdu en courbettes. Seul Yamaki accueille froidement la présence de son épouse.

Tous s'assoient sur les tatamis, formant un cercle. Yukié s'installe légèrement en retrait, près de son époux. Ainsi, ses voisins immédiats ne l'aperçoivent pas, à moins de tourner la tête vers elle, mais elle-même ne perd personne de vue. C'est très habile. Quand sa sœur a-t-elle appris ce genre de subtilité ? En fréquentant les autres épouses des samouraïs de haut rang ?

— Mon seigneur n'aurait-il pas reçu des informations importantes? demande Yamaki à Nobunaga dès que la politesse le lui permet.

— Hier, nous avons perdu le fort frontalier de Marune, qui est situé sur mes terres, près des provinces contrôlées par Imagawa, annonce le seigneur Katsui. Un jeune samouraï de mon clan a fui juste avant que la garnison ne succombe, afin de nous prévenir. Il est certain que tous ses compagnons d'armes ont péri et il éprouve une grande honte d'être encore vivant, mais il savait que l'information nous serait utile.

— Eeeh, en effet! Lui avez-vous ordonné de vivre au moins jusqu'à ce que nous·ayons terminé nos discussions? s'inquiète Mitsu.

Katsui hoche la tête en direction de l'oncle de Nobunaga.

— Ne vous inquiétez pas. C'est un jeune homme des plus loyal. Il attend dans les jardins et ne se fera pas seppuku sans mon autorisation. Je crois toutefois qu'il m'a révélé tout ce qu'il sait.

— Et qu'a-t-il dit? demande Nobunaga.

— Qu'un très jeune stratège, appelé Matsudaira ou parfois Tokugawa, mène les assauts contre les forts. Il contrôlerait les cinq mille meilleurs guerriers d'Imagawa. Des rapports parvenus peu avant l'attaque confirment qu'Imagawa s'est mis en route vers la capitale. Il compte nous écraser, puis réclamer le titre de shôgun. Son armée compterait quarante mille hommes.

Satô ne peut retenir une exclamation de surprise :

— Quarante mille ?

Il n'est pas le seul à être abasourdi par le chiffre. Tous les membres de la petite assemblée ont soudain une expression sombre et tendue. L'armée Oda tout entière compte à grand-peine cinq mille guerriers. Reprendre le fort de Marune serait déjà une tâche difficile ! Personne ne parle. Les piètres performances matinales des jeunes samouraïs dansent devant les yeux de Satô. Bientôt, ils seront morts...

Puis son regard s'arrête sur sa sœur. La savoir à ses côtés l'emplit de fierté et d'affection, ce qui lui donne le courage de plaisanter.

— N'avez-vous pas dit seulement quarante mille hommes ? lance-t-il d'une voix de fausset copiant celle des femmes. Pauvre lui, n'a-t-il donc pas de guerrière comme la nôtre ?

Tous rient, même Yukié et Yamaki, et l'hilarité générale désamorce la tension qui menaçait de paralyser la réflexion.

— Les espions doivent avoir oublié de considérer les guerrières, répond Nobunaga, parce qu'ils étaient trop occupés à compter deux fois chaque combattant !

— Huuu, mon neveu, dit Mitsu, vous croyez donc que le nombre est exagéré ?

— J'en suis persuadé, répond Nobunaga.

Satô a l'impression que l'aplomb du jeune daimyô est contagieux. Nobunaga a raison : Imagawa ne peut posséder une armée aussi vaste alors qu'il a guerroyé pendant une décennie contre ses voisins. À force de batailles, les rangs des samouraïs s'éclaircissent.

— De plus, nos ashigarus sont les meilleurs, ajoute Hideyoshi. Ils tirent trois fois plus souvent et deux fois mieux que n'importe quel mercenaire enrôlé par Imagawa.

L'affirmation pourrait sonner comme de la vantardise, puisque Hideyoshi est responsable des ashigarus. Toutefois, le seigneur Singe a été un ashigaru lui-même, à l'époque où ces combattants d'origine paysanne étaient complètement désorganisés, mal armés et mal entraînés. Hideyoshi sait mieux que quiconque à quel point les ashigarus du clan Oda ont progressé depuis que Satô et Nobunaga, épaulés par le jeune Nanashi, se sont intéressés à eux. Désormais, ils sont équipés d'arquebuses et savent s'en servir.

— Reste le problème du fort de Marune, observe Yamaki. Ce château contrôle la meilleure voie d'entrée dans la province. Si nous ne le reprenons pas, nous ne pourrons empêcher l'ennemi de nous envahir.

— Bien parlé, Yamaki, acquiesce Takayama.

Nobunaga sourit.

— Seigneur Katsui, vous avez dit que le jeune stratège portait le nom de Matsudaira ou de Tokugawa, n'est-ce pas ?

Katsui approuve d'un balancement de moustaches.

— Eh bien, le petit Takechiyo a parcouru beaucoup de chemin, ricane Nobunaga.

Au nom de « Takechiyo », Satô voit sa sœur sursauter. Curieux. Lui-même ne connaît personne portant ce prénom. Où Yukié aurait-elle rencontré cet homme ?

— Vous connaissez ce jeune samouraï ? demande Takayama à Nobunaga.

— Oh, oui, répond le daimyô d'un air lointain. Lorsqu'il était un tout jeune enfant, le père de Takechiyo a dû l'envoyer en otage chez Imagawa pour prouver sa loyauté. Cependant, nous avons attaqué l'escorte en chemin et le petit Takechiyo a vécu au sein de notre clan pendant quelques années. C'était un enfant extrêmement intelligent. Je l'aimais beaucoup. Nous l'avons rendu à Imagawa afin de briser le siège de l'un de nos forts. Je crois… Oui, il devait être dans le camp d'Imagawa lorsque vous y êtes passé vous-même, brièvement, seigneur Takayama. Juste avant qu'on vous ordonne de vous faire seppuku.

Il y avait tant de gens dans ce camp ! Personne n'aurait pu y remarquer un jeune garçon. Il y avait d'interminables rangées de tentes. Des milliers d'hommes. Entre la peur éprouvée pour la vie de son seigneur et l'angoisse pour sa propre existence, Satô ne se souvient que du sentiment d'oppression qu'il ressentait au milieu de cette multitude hostile. Dire qu'à présent l'armée qui s'avance vers eux est encore plus nombreuse !

— Il y était, mon seigneur, annonce Yukié.

Satô, surpris, se tourne vers sa sœur. Il remarque que Katsui et Mitsu ont l'air étonnés de l'intervention de Yukié, comme s'ils avaient déjà oublié sa présence. Ou peut-être est-ce seulement son ton net, affirmatif, si différent de la voix de la majorité des femmes, qui les décontenance. Yamaki, Takayama et Nobunaga la regardent, attendant qu'elle s'explique.

— Le soir de notre… départ, commence-t-elle en évitant le mot *fuite* et la honte qui l'entache, j'étais sous le grand pavillon, en présence d'Imagawa, à sa demande. J'ai mangé en compagnie d'un garçon d'environ huit ans, qui s'appelait Takechiyo.

— Quelle impression t'a-t-il donnée, Yukié ? demande Nobunaga.

Tandis que sa sœur prend le temps de réfléchir à sa réponse, Satô reconnaît sa façon de plisser les yeux et de pincer les lèvres : elle s'efforce de demeurer sérieuse et de réprimer un sourire.

— Il était dodu comme une carpe, mais son esprit filait plus vite qu'une flèche, annonce-t-elle au bout d'un instant.

Le daimyô a un petit rire narquois.

— C'était donc bien Takechiyo, dit-il. Et je ne crois pas qu'il ait tellement changé… ni qu'il soit particulièrement loyal à Imagawa. Peut-être n'aurons-nous pas à reprendre le fort de Marune par la force… Il suffirait d'un émissaire…

Satô sait reconnaître une demande voilée.

— J'irai !

Son offre se perd parmi celles de Yamaki, de Takayama et de Mitsu. Nobunaga, cependant, n'a d'yeux que pour Yukié. Satô n'aime pas que le seigneur Oda porte autant d'attention à sa sœur. Et il devine que Yamaki ne doit pas apprécier non plus.

— Seigneur Takayama, annonce le daimyô sans quitter Yukié du regard, vous serez mon émissaire auprès de Takechiyo.

Alors que Takayama s'incline, Nobunaga se lève.

— Cette audience est terminée. Yukié, un mot avec toi. Takayama, faites vos préparatifs, vous partirez dans quelques jours. Les autres, retournez à vos besognes, je vous verrai plus tard.

Le conseil se sépare aussi vite qu'il s'est assemblé. Satô remarque que Yamaki semble hésiter à laisser son épouse en présence de Nobunaga, mais il finit par sortir de la pièce. Satô le suit. Dans l'antichambre, Takayama se penche vers le seigneur Katsui.

— Votre jeune samouraï ne devrait pas être autorisé à se suicider, souffle Takayama. Dans les jours qui s'annoncent, nous aurons besoin de toutes les épées. S'il veut rejoindre ses frères d'armes dans la mort, il pourra sans doute la trouver durant la bataille. Son décès sera moins paisible qu'un seppuku pratiqué à l'ombre des cerisiers, mais ce sera un sacrifice beaucoup plus utile.

Satô ne peut s'empêcher de sourire en entendant son seigneur. Takayama préférera toujours le pragmatisme à l'honneur. Cela amoindrit un peu sa gloire et son renom, mais la vie des samouraïs qu'il commande est prolongée. Satô en est fort heureux.

7

La maison est silencieuse. À cette heure, les garçons sont avec leurs maîtres à étudier musique, calligraphie et arts de la guerre, tandis que Bara et Miyuki sont parties ensemble au marché.

Sourcils froncés, Yukié examine le *hakama* qu'elle a étalé sur les tatamis de sa chambre. La dernière fois qu'elle l'a rangé, elle n'a pas pris le temps de lisser proprement chaque panneau d'étoffe. Pourquoi aurait-elle pris ces précautions ? Il s'agit de son vieux hakama de voyage, teint en bleu sombre pour cacher les traces de pluie ou de boue, celui qu'elle portait presque chaque jour, jadis, pour monter à cheval, patrouiller et guerroyer en compagnie des autres samouraïs. Puis elle avait découvert qu'elle attendait un enfant et, du jour au lendemain, elle avait dû troquer ce hakama, négligemment rangé parce qu'elle croyait le ressortir bientôt, contre d'encombrants kimonos d'épouse. À présent, des faux plis semblent s'être incrustés dans le tissu robuste du hakama. Ils lui font penser aux raideurs qui lui ankylosent parfois l'épaule gauche, blessée par une chute de cheval il y a des années, ou le bas de son dos, usé par ses trois maternités. Tout comme son vêtement, il y a longtemps qu'elle n'a pas été utile, qu'elle n'a pas vécu en guerrière.

Elle soupire et secoue le hakama avant de le replier. Au fond, peu importe qu'il soit froissé : elle ne le portera que pour monter à cheval. Et une bonne chevauchée réveillera ses muscles désormais habitués au confort. Les entraînements quotidiens avec sa fille l'ont empêchée de trop s'amollir, mais elle ne s'illusionne pas : reprendre son rôle de guerrière sera beaucoup plus exigeant.

Ses bagages sont presque prêts. Il y a dix ans, son coffre aurait déjà été fermé, n'attendant que d'être attaché sur la croupe de son cheval, mais elle a perdu l'habitude des départs hâtifs. Elle tourne en rond, tente de se rappeler ce qu'il lui faut emporter, puis perd du temps à chercher, car ses effets de voyage ont été repoussés au fond des coffres ou placés en équilibre sur les poutres qui soutiennent le toit.

Le mince tapis de paille tressé qui lui a servi tant de fois de matelas est particulièrement difficile à retrouver. Elle le découvre finalement dans la cuisine, encore enroulé autour de la lance *naginata* qu'elle a appuyée dans un coin de la pièce lorsque, jeune épousée, elle a emménagé dans cette maison. Elle a un pincement au cœur en déroulant le tapis et en époussetant la lance. C'est une arme ancienne, de qualité. L'arme de sa Grand-mère. La vieille femme l'avait gardée toute sa vie appuyée contre le mur, dans un coin de la cuisine de la demeure des Hanaken. Ainsi, comme toute bonne samouraï, elle était prête à défendre la maison en cas d'attaque de brigands. Le jour où Yukié était partie du village avec les autres guerriers du clan Takayama, Grand-mère avait échangé sa lance contre la sienne, avant de lui faire promettre de rapporter un jour le vieux naginata. C'était une façon de lui demander de revenir vivante de la guerre.

Neuf années ont passé depuis. Quelques messagers ont assuré le relais avec le village et transporté du courrier. Mais Yukié n'a jamais revu ses montagnes natales. À présent, Grand-mère est morte et son naginata a pris la poussière.

Les mains tremblantes, Yukié commence à retirer le fourreau de bois qui protège la pointe en forme de sabre de la lance. Elle n'a pas pleuré lorsque Satô lui a annoncé la mort de Grand-mère. La vieille femme n'aurait pas voulu qu'elle verse des larmes. Grand-mère lui aurait dit qu'il était normal, pour une pomme trop mûre et toute plissée, de tomber de l'arbre un jour ou l'autre. Yukié aurait approuvé le sage commentaire, tout en pensant que sa grand-mère, avec ses joues roses et ses innombrables rides souriantes, avait effectivement l'air d'une vieille pomme. Cependant, à présent qu'elle manipule la lance de la défunte, sa vue se brouille. Les larmes ont envahi ses yeux. Pourvu qu'elle n'ait pas laissé la naginata rouiller !

Le fourreau révèle la pointe de la lance. Le métal présente toujours un aspect lisse, presque liquide. Malgré sa négligence, l'arme est intacte. Le soulagement adoucit sa nostalgie.

— Que te voulait Nobunaga ?

Elle sursaute. Yamaki vient d'apparaître sur le seuil de la cuisine. Elle le croyait toujours à l'entraînement. Son époux a les lèvres serrées et le regard sombre.

— Le seigneur Oda voulait s'assurer que j'étais prête à reprendre mon service auprès du seigneur Takayama.

Pourvu que Yamaki ne devine pas trop vite ce qu'elle entend par là. Elle replace le fourreau sur la lame du naginata et, la natte de paille roulée sur l'épaule, s'apprête à quitter la cuisine en passant près de son époux. Celui-ci l'arrête en levant un bras afin de lui bloquer le passage.

— Tu étais garde du corps de Takayama, dit Yamaki. Tu le suivais partout.

Elle entend le tonnerre gronder dans la voix de Yamaki. Elle sent venir l'orage. Elle pourrait éviter la tempête, mais à quoi bon ? Elle éclatera tôt ou tard.

— Mon époux est bien bon de se souvenir de tels détails.

— Des détails? s'insurge Yamaki. Tu avais le statut de concubine. Tu dormais sous sa tente!

Normalement, lorsque Yamaki s'emporte, elle baisse la tête et cède à ses caprices, même si intérieurement elle bout de colère. Car c'est ainsi que doit agir une bonne épouse. Mais cette fois, tandis que Yamaki s'échauffe, elle a l'impression de devenir froide et coupante comme un éclat de glace. Elle a reçu des ordres et elle accomplira son devoir.

— Et j'y dormirai à nouveau, Yamaki. Takayama partira pour Marune dans deux jours. Et je serai au nombre de ses gardes.

Quelque temps loin des exigences de son rôle d'épouse et de mère. La perspective lui semble tout à la fois exaltante et inquiétante.

— Même un seigneur ne peut pas exiger d'un samouraï qu'il laisse son épouse seule avec lui sous sa tente.

Yamaki a raison, évidemment. Les prochains jours jetteront une ombre sur l'honneur de Yukié et du seigneur Takayama. Cependant, les circonstances l'exigent.

— C'est sans doute pour cela que personne n'a demandé ta permission, remarque-t-elle.

La fureur rend Yamaki blême. Les mâchoires trop serrées pour parler, il frappe du poing contre le montant de la cloison, puis tourne le dos à Yukié.

— Takayama a d'autres gardes du corps, reprend-il. Pourquoi aurait-il besoin de toi cette fois?

Elle s'attendait à la colère de Yamaki. Elle croyait qu'il tenterait de lui interdire de partir. Qu'il lui rappellerait ses devoirs d'épouse, comme si elle ne les connaissait pas après toutes ces années ! Elle ne pensait pas qu'il se calmerait si rapidement et poserait ce genre de question. Elle n'est que trop heureuse de lui répondre.

— À cause du jeune stratège, Tokugawa... Matsudaira... enfin, Takechiyo. Le seigneur Oda semble croire que le garçon se souviendra de moi, puisque je me souviens de lui. Et que ma présence, aux côtés de Takayama, le prédisposera favorablement à notre égard.

Le raisonnement lui semble faible. Elle est presque gênée de l'exposer à Yamaki. Croira-t-il qu'elle vient de l'inventer ? Après tout, pourquoi aurait-elle laissé une impression mémorable à Takechiyo ? Il était tout jeune. Et elle n'était qu'une invitée parmi d'autres, une jeune femme qui a composé un poème, puis fui le banquet en mettant le feu aux murs du pavillon...

Yamaki lui tourne toujours le dos, mais elle voit ses épaules se détendre.

— C'est bien pensé, dit-il.

Son intonation semble résignée. Yukié s'était préparée à une tempête beaucoup plus longue. Elle s'apprête à quitter la demeure familiale, contre la volonté de son époux, et à partager la tente d'un autre homme. Yamaki pourrait demander la rupture de leur mariage. Nobunaga a évoqué cette possibilité lorsqu'il lui a donné ses instructions. Elle n'a rien répondu. Certains jours, son mariage lui apparaît comme la pire erreur de son existence. Elle a sacrifié beaucoup pour que leur maisonnée connaisse le bonheur, elle s'est contrainte à agir comme une bonne épouse même lorsque cela la rendait malheureuse, mais ses efforts ne semblent jamais suffire.

Toutefois, à cet instant, elle se sent déborder de tendresse pour son époux. Elle le connaît suffisamment pour savoir que s'il ne la regarde pas, c'est qu'il est bouleversé et espère le lui cacher. Craint-il pour leur réputation ? Ou aurait-il peur pour elle ?

— Yamaki, lui souffle-t-elle, tu sais que je préserverai ton honneur et le mien, n'est-ce pas ?

Il s'éloigne d'un pas, s'arrête et hoche la tête.

— Je sais, Yukié. Honneur et devoir ne quittent jamais ton esprit.

Le propos paraît élogieux, mais le ton ressemble à un reproche. Cependant, Yamaki quitte la demeure avant que Yukié ne puisse lui demander des explications.

8

— Garde basse, Hideyoshi, garde basse ! s'écrie Satô.

Malheureusement, le seigneur Singe réagit trop tard et le sabre de bois de Satô se glisse sans mal sous le sien, venant lui heurter la cuisse avec un bruit mat. Satô rompt l'engagement et recule de quelques pas. Il comprend à présent pourquoi Hideyoshi a insisté pour s'entraîner seul avec lui, dans une cour intérieure peu fréquentée : pour un garde du corps et un chef de troupes, il démontre une maîtrise du sabre nettement insuffisante ! Et il reproduit sans cesse les mêmes erreurs.

— Ce n'est pourtant pas compliqué, s'impatiente Satô. Plus l'adversaire est éloigné, plus la garde doit être basse. Ainsi, on protège ses jambes et on a plus d'espace pour frapper.

Hideyoshi essuie son front avec un pan de son kimono, comme le ferait un paysan.

— Facile à dire pour vous, Hanaken, proteste-t-il. Je ne suis pas né avec un sabre dans les mains, moi !

Satô secoue la tête.

— Vous n'avez pas non plus été élevé en compagnie d'arquebuses, à ce que je sache. Pourtant, vous les connaissez comme si c'était vos sœurs !

Hideyoshi éclate de rire.

— Bon, d'accord, Hanaken, j'admets que je suis une disgrâce et qu'un fils de paysan comme moi ne devrait pas tenter de manier le sabre... Mais vous savez ce qu'on dit des mauvais élèves ?

Qu'ils ont eu de mauvais maîtres. Satô sait que Hideyoshi se moque de lui, mais en même temps, il ne peut s'empêcher de se questionner. Malgré les années passées à occuper sa charge de maître d'armes, il n'a jamais cessé de douter de ses méthodes, de ses aptitudes. Son père, jadis, lui avait enseigné que le meilleur maître est celui qui ne se repose pas sur des certitudes, qui n'arrête jamais d'apprendre. Satô se dit parfois qu'il a trop bien assimilé la leçon. Peut-être doit-il découvrir une autre manière d'enseigner lorsqu'il est en présence d'un adulte aux mauvaises habitudes bien ancrées ? Voilà près d'une heure qu'il tente de corriger les pires défauts de Hideyoshi et celui-ci ne montre aucun signe d'amélioration. Il manie son sabre comme un couperet de boucher. Cela pourrait être toléré chez un ashigaru ou un samouraï de bas rang, mais pas chez un membre du conseil de guerre de Nobunaga.

— Ne mets pas en doute le talent de mon maître d'armes, Singe !

En entendant la voix du daimyô, Satô s'empresse de glisser son sabre de bois à sa ceinture, puis il se tourne vers son seigneur, qui a surgi sur l'une des galeries entourant la cour, et pose un genou au sol pour exécuter un salut guerrier. Hideyoshi l'imite, avec un instant de retard. Cependant, son salut à l'adresse de Nobunaga est plus profond, sa tête humblement baissée.

— Oh, redressez-vous tous les deux ! s'impatiente Nobunaga. Et venez me rejoindre.

Satô et Hideyoshi obéissent. Lorsque ses yeux s'ajustent à la pénombre de la galerie, Satô remarque que Nobunaga semble préoccupé et qu'il tient à la main une liasse de fins papiers, ainsi qu'un flacon de saké. Il est beaucoup trop tôt dans la journée pour s'embrumer l'esprit avec de l'alcool.

Sans cérémonie, Nobunaga s'assoit sur le plancher de la galerie, prend une gorgée de saké à même le goulot du flacon, puis attend que Satô et Hideyoshi s'installent près de lui sur les planches lissées par l'usage et les intempéries. Satô vient tout juste de s'immobiliser lorsque le jeune daimyô paraît exploser.

— Mes espions me racontent tout et n'importe quoi ! s'exclame-t-il. Et le seigneur Takayama semble décidé à me brouiller l'esprit encore davantage !

Satô fronce les sourcils. Takayama est un homme sage et de bon conseil.

— Qu'est-ce que mon seigneur Takayama a bien pu dire à mon honoré seigneur Oda pour l'irriter de la sorte? demande-t-il.

Nobunaga grogne.

— Seigneur ceci, honoré cela… Bah! Ce matin, ton seigneur Takayama se prend pour l'un de ces prêtres *zen* au crâne rasé qui posent des questions auxquelles personne ne peut répondre.

C'est donc cela! Satô réprime un sourire. Il devine ce qui a dû se produire. Depuis quelque temps, Takayama s'amuse à poser d'épineux problèmes de stratégie à ses interlocuteurs, sans jamais offrir de solutions. Il prétend que les réponses qu'on lui propose l'aident à mieux comprendre le monde. Peut-être, en effet, a-t-il trop fréquenté les prêtres…

— Et quelle est cette question qui vous cause des difficultés, mon seigneur? demande Hideyoshi.

— Ce n'est pas une histoire de difficulté : j'ai trouvé la réponse, j'en suis sûr. Mais lorsque je lui demande confirmation, ce damné Takayama se contente de sourire comme une statue du Bouddha.

Cela ressemble bien à Takayama. Il a toujours une longueur d'avance sur ses interlocuteurs et ne paraît jamais pressé de les aider à le rejoindre.

— Ne pourrait-on pas connaître quand même cette fameuse question? demande Satô.

Avec un peu de chance, partager sa perplexité calmera Nobunaga. De plus, Satô sait que si Takayama ne lui a pas déjà torturé l'esprit avec ce problème, il le lui posera tôt ou tard. Autant commencer à y réfléchir maintenant. Après un haussement d'épaules, et une lampée de saké, le daimyô répond.

— Que feriez-vous, m'a demandé Takayama, si, à la suite d'une bataille perdue, vous trouviez refuge pour la nuit dans un château désert, en compagnie de vos guerriers épuisés, en sachant que l'ennemi est sur vos talons ?

— Mais c'est simple ! s'exclament Satô et Hideyoshi simultanément.

Amusé par l'écho inattendu, Satô invite Hideyoshi à parler le premier. Il n'imagine qu'une seule réponse et ne voit aucune gloire à être celui qui l'énoncera.

— Je posterais la moitié des soldats, les moins bons, sur les remparts afin de défendre le château et j'enverrais les autres dormir, dit Hideyoshi. Comme ça, en cas d'attaque, nous ne serions pas pris par surprise et l'adversaire serait retardé en attendant que les meilleurs guerriers, reposés, viennent se joindre au combat.

Satô hoche la tête, impressionné par l'instinct stratégique du seigneur Singe. Il avait lui-même formulé une réponse semblable, cependant il n'aurait pas pensé à séparer les guerriers sur la base de leur talent. Le pragmatisme de Hideyoshi, qui est prêt à sacrifier des hommes, à condition que ce soit surtout les moins utiles, l'impressionne et l'inquiète tout à la fois.

— Bien trouvé, dit Nobunaga, mais inutilement prudent. Dans une situation pareille, je posterais tous mes hommes sur les remparts, parés à repousser une attaque.

La crainte de l'ennemi suffirait à tenir les hommes réveillés, voyons! Qu'est-ce que tu en dis, Satô?

Difficile de contredire le daimyô Oda alors qu'il manifeste un tel aplomb.

— Peut-être, mon seigneur.

Nobunaga hoche la tête.

— Oui, c'est la solution, j'en suis certain. Avec vos stratégies, on s'assure, au mieux, une victoire tiède. Avec la mienne, l'ennemi renoncerait probablement à attaquer, en voyant le château protégé par des troupes prêtes à l'accueillir.

À quoi bon discuter? Le risque est immense. Les soldats épuisés seraient en grand danger de mourir, faute d'énergie pour se défendre. Certes, les écrits des grands stratèges chinois prétendent que les guerriers acculés à la mort sont les plus dangereux. Cependant, qu'est-ce que les Chinois connaissent aux samouraïs?

Interrompant les réflexions de Satô, Nobunaga dépose avec bruit le flacon de saké, désormais vide. Le daimyô examine attentivement la cour intérieure, dont le sol de gravier a été piétiné par les sandales des deux combattants, et les galeries vides qui la ceignent, puis ramène son regard sur ses samouraïs.

— Le problème posé par Takayama étant réglé, il ne me reste que celui de mes espions, dit Nobunaga à voix basse. Quatre rapports depuis ce matin et pas un seul qui soit clair, complet ou même conséquent avec les autres.

Hideyoshi hausse les épaules.

— N'est-ce pas toujours le problème avec les espions, mon seigneur? Ils ne sont ni très fiables ni très précis. S'ils étaient loyaux et organisés, ils seraient guerriers, pas espions.

Drôle de raisonnement venant d'un fils de paysan. Pour s'être déjà essayé à l'espionnage, jadis, lorsqu'il participait encore à la conspiration mise sur pied par son frère et sa sœur, Satô avait constaté que l'observation furtive requérait de nombreux talents, très différents des habiletés du samouraï.

— C'est bien pourquoi j'ai décidé de remédier à ce problème, répond Nobunaga. Satô, tu vas partir ce soir, à cheval, avec ton neveu et une escorte. Vous allez contourner le fort de Marune, vous approcher du camp d'Imagawa, puis toi et ton neveu vous vous déguiserez en paysans pour y pénétrer et obtenir une idée précise de ses forces et de leur déploiement.

Nobunaga, visiblement, n'a pas suivi le même raisonnement que Satô.

— Quoi? Mais, mon seigneur, je ne vaux rien comme espion! Et pourquoi impliquer mon neveu?

— Parce qu'ensemble, vous serez insoupçonnables. Le garçon est trop jeune pour recevoir ses sabres d'adulte. Aucun seigneur sain d'esprit ne lui confierait une mission d'espionnage.

En prononçant cette dernière phrase, Nobunaga sourit. Satô secoue la tête de découragement. Le daimyô des Oda perdra-t-il un jour l'habitude d'agir de manière erratique et folle? Pourquoi envoyer un maître d'armes jouer les espions ? Certes, il a déjà vu un camp d'Imagawa et il posséderait donc un point de comparaison pour s'y repérer et pour évaluer le nombre de guerriers présents. Mais…

Satô croise le regard amusé de Nobunaga. Et comprend que c'est justement parce qu'il a déjà vu un camp dressé par Imagawa que le daimyô désire lui confier cette mission. Il soupire. Le seigneur des Oda est-il incapable de s'exprimer clairement ?

9

Le doux soleil printanier crée des étangs de lumière brillante sur le parquet poli de la pièce centrale de la demeure. Contrairement aux matins habituels, où tout le monde mange à la hâte dans la cuisine, parfois sans même prendre le temps de s'asseoir, aujourd'hui toute la famille est réunie autour de la table pour déjeuner.

Yukié a déjà revêtu son hakama de voyage. Elle part avec le seigneur dans quelques heures. L'aspect usé de ses vêtements semble amplifié par les kimonos de fête que portent ses enfants, sans doute à l'initiative de Bara. Même Yamaki a passé une tenue qu'il réserve habituellement aux audiences avec Nobunaga. Il a fière allure avec son hakama noir et son kimono assorti. Les broderies dorées, qui l'identifient comme un Yamaki, un vassal du clan Oda et un capitaine de troupes, semblent se refléter dans ses yeux, leur conférant une douceur que Yukié n'y avait pas vue depuis des années. Elle sait toutefois qu'il ne s'agit que d'un jeu de lumière. Ils n'ont pas abordé à nouveau le sujet de son départ, mais elle sait que Yamaki est fâché qu'elle ait repris ses fonctions de guerrière.

Elle est assise sur ses talons entre ses deux garçons et surveille leurs manières tout en avalant son propre repas. Miyuki est agenouillée en face d'elle, aux côtés de son père, et elle mange comme une vraie dame, cueillant sa bouillie de riz à petites bouchées, du bout de ses baguettes. Lorsqu'elle délaisse son plat un instant, afin de grignoter un kaki ou une prune marinée, elle les dépose avec soin sur le repose-baguettes.

Yukié sourit du raffinement de sa fille, de ses manières dignes des banquets du daimyô. C'est l'œuvre de Bara, il n'y a pas à en douter. Yukié et Yamaki, élevés dans des demeures plus modestes et habitués aux repas pris dans des campements militaires, appuient plutôt leurs baguettes contre leur bol lorsqu'ils doivent les déposer. Cependant, ils ne les plantent jamais dans leur nourriture, contrairement à ce que fait le petit Fuu dès qu'il pense que personne ne le regarde. Comme en cet instant.

Elle récupère les baguettes de son cadet et les place correctement sur le repose-baguettes.

— Ne sais-tu pas que cela porte malheur, Fuu? gronde Yukié.

71

Le garçonnet ne répond que par une moue butée.

— Allons, réponds-moi, insiste-t-elle.

Voyant Fuu résolu à garder le silence, elle se tourne vers Eijirô.

— Ton grand frère, lui, doit savoir pourquoi il ne faut pas…

Elle s'interrompt brusquement. Dans le bol de bouillie d'Eijirô, des baguettes sont plantées, rappelant les bâtons d'encens qu'on pique dans les cendres des défunts. Son fils aîné n'agit jamais ainsi d'habitude.

— Eijirô! s'exclame-t-elle. Mais qu'est-ce qui te prend?

Ses joues sont brûlantes. Elle n'ose pas regarder Yamaki. A-t-elle été négligente en permettant d'ordinaire à ses garçons de prendre leur déjeuner à la cuisine? Une bonne mère se serait-elle assurée de manger avec eux à tous les repas afin de les surveiller constamment? Pourtant, lors des dîners et des soupers qu'elle a pris en leur présence, elle n'avait pas remarqué d'impolitesses aussi flagrantes.

Eijirô reprend ses baguettes, suçote les grains de riz qui y ont adhéré, puis les dépose sur leur support de la façon appropriée.

— J'avais oublié, maman, dit-il. Pour me punir, tu vas devoir rester jusqu'à cet après-midi et t'assurer que Bara me servira mon thé sans gâteau de riz.

— Maman n'a pas besoin d'être là, je vais le dire à Bara, moi, intervient Miyuki.

— Non, il faut qu'elle soit là ! s'écrie Eijirô.

Yukié est catastrophée. Eijirô qui plante ses baguettes dans sa nourriture ! Miyuki qui parle en présence d'adultes sans qu'on lui ait adressé la parole ! Tout cela, sous les yeux de Yamaki. Mais qu'est-ce qui se passe ce matin ?

Alors qu'elle s'apprête à intervenir pour couper court à la chicane d'enfants, Yamaki émet un grognement bref. Aussitôt, le silence tombe, lourd. Eijirô et Miyuki ont baissé la tête. Fuu se rapproche doucement de Yukié, ses grands yeux remplis de confusion, et saisit un pan de son hakama.

— Est-ce que tu as quelque chose à dire à ta mère, Eijirô ? demande Yamaki d'une voix douce.

Le garçonnet semble surpris, mais après avoir étudié son père du regard, il se tourne vers Yukié.

— Je ne veux pas que tu partes, maman, dit-il.

Yukié reconnaît le ton utilisé par son fils. C'est celui avec lequel il formule les demandes qu'il sait impossibles. Ne pas aller dormir. Manger tous les gâteaux de riz. Garder sa mère près de lui.

— Je ne veux pas partir non plus, lui répond-elle.

Et au moment où elle prononce les premiers mots de cette phrase, elle sait qu'ils sont faux. Ce n'est qu'une excuse, la réponse qu'une bonne mère ferait à ses enfants. Mais avant d'arriver à la fin de sa réponse, sa voix se brise, son cœur se serre, ses yeux s'emplissent de larmes. Elle veut redevenir une guerrière. Elle veut partir, voyager à nouveau, être libre. Cependant, si elle pouvait emmener ses enfants avec elle, les voir tous les soirs, s'assurer qu'ils sont heureux malgré ses absences, ce serait tellement plus simple.

Elle baisse la tête et cligne furieusement des yeux pour chasser ses larmes. Elle ne peut pas pleurer. Il est temps d'apprendre à ses enfants les valeurs qui seront au cœur de leur vie. Car ils sont samouraïs. Et le devoir d'un samouraï est de servir. Servir sa famille, certes, mais surtout servir son seigneur et son clan.

— Je ne veux pas partir, Eijirô, reprend-elle en évitant de croiser le regard de son époux ou de ses enfants. Cependant, le seigneur Takayama a besoin de moi. Il est de mon devoir de lui obéir. Et un samouraï accomplit toujours son devoir.

— Même quand c'est dur, maman ? demande Miyuki.

— Surtout lorsque c'est dur, répond Yamaki.

Surprise, Yukié se tourne vers lui. C'est exactement ce qu'elle aurait répondu ! Il le sait, bien sûr, et il le lui signifie d'un sourire. Un sourire qui plisse ses yeux et qui ressuscite, pendant un instant, le jeune garde dont elle était tombée amoureuse sans le savoir. Celui qui disait qu'il était magnifique de la voir combattre.

Fuu lui demande combien de temps elle sera partie et Yukié s'efforce de lui répondre de son mieux. Cependant, elle ignore bien des détails. Il faudra un peu plus d'une journée, en voyageant légèrement et rapidement, pour gagner le fort de Marune. Mais une fois arrivés, seront-ils admis à l'intérieur du fort et autorisés à parler avec le jeune stratège Matsudaira Takechiyo ? Et même s'ils peuvent lui parler, combien d'heures mettront-ils à le convaincre ? Y parviendront-ils ?

Ses enfants ne semblent pas s'inquiéter de sa vague réponse. Deux jours constituent déjà une éternité pour Fuu, pour qui toute durée supérieure se perd dans un « longtemps » indéfini. Eijirô et Miyuki, pour leur part, sont satisfaits de savoir que leur mère reviendra « bientôt » et que Bara s'assurera, en son absence, que leur vie continuera de se dérouler comme à l'habitude.

Yukié, cependant, sait que rien n'est garanti. Qu'une mauvaise chute de cheval ou une flèche perdue pourrait l'empêcher à jamais de revoir les siens. Elle se rend compte qu'après avoir tant désiré sa liberté, elle est désormais la plus affectée par l'imminence de son départ. En d'autres circonstances, l'ironie l'amuserait sans doute.

Entre les questions de ses enfants, ses émotions contradictoires et ses hésitations, elle a perdu la notion du temps. Yamaki la rappelle à l'ordre d'un souffle.

— Le seigneur doit t'attendre, Yukié.

Il a raison. Elle vide sa tasse de thé, puis s'empresse de sortir. Son cheval est attaché dans la cour avant de la demeure. Son armure et ses armes sont déjà chargées sur le dos de la bête. Il ne lui reste qu'à se mettre en selle et à partir, sans se retourner. Comme elle a souvent vu son père le faire lorsqu'elle était petite fille.

Alors qu'elle hésite, prisonnière de ce souvenir, elle entend ses enfants sortir de la demeure à sa suite et se rassembler sur la galerie. Incapable de feindre l'indifférence, elle les regarde. Fuu et Eijirô se tiennent droits, debout devant leur grande sœur qui s'efforce d'avoir l'air brave. Yamaki est là, lui aussi. Elle ne pensait pas qu'il viendrait saluer son départ, pourtant le voilà, dans l'embrasure de la cloison coulissante menant à la pièce centrale.

Yukié aurait envie de s'agenouiller et de serrer ses enfants contre elle. Cependant, une telle faiblesse serait malvenue. Une bonne mère samouraï n'agit pas ainsi. Ses fils sont des hommes. Sa fille sera une guerrière. Ils ne doivent pas croire que partir en mission est difficile ou effrayant.

— Vous ne dites pas au revoir à votre mère ? lance Yamaki.

Aussitôt, les trois enfants se précipitent en avant. Fuu encercle l'une de ses jambes, Eijirô l'autre, tandis que Miyuki la prend par la taille.

— Au revoir, maman ! chantonnent-ils tous en chœur.

Les voix flûtées la frappent au cœur comme autant de flèches. Elle sent ses jambes s'amollir et sa vue se brouille. Cependant, déjà, les enfants l'ont lâchée. Yamaki est maintenant près d'elle. Il prend son visage entre ses mains, doucement, dissimulant les larmes qui ont commencé à couler sur les joues de Yukié.

— À bientôt, Hanaken.

Elle ne répond pas. Elle échappe plutôt à ces mains qui la touchent avec plus de tendresse qu'il est séant de le faire en public et saute en bas de la galerie. L'instant suivant, elle est en selle. Du coin de l'œil, alors qu'elle franchit le portail de la cour, elle voit Yamaki et les enfants s'incliner pour saluer son départ.

Une fois hors de vue, alors qu'elle galope vers la forteresse de Nagoya, distante de quelques jets de flèche, elle sèche ses larmes du revers de sa manche.

Elle a sacrifié sa vie de guerrière pour devenir mère. Alors pourquoi a-t-elle l'impression que recommencer à vivre comme une combattante constitue un sacrifice de plus ?

Satô étouffe un bâillement. Sa petite troupe, composée de trois gardes, de son ami Jitotsu Nanashi et de Sachirô, est partie la veille de la forteresse de Nagoya. Équipés de montures de rechange, ils ont chevauché rapidement, sous une froide pluie de printemps, et se sont à peine arrêtés pour dormir. Heureusement, ce matin, le temps demeure clair, les chevaux trottent avec énergie et Satô peut enfin se préoccuper des détails du plan envisagé par Nobunaga.

— Qu'est-ce que tu en penses, Nanashi? demande-t-il à son ami de longue date.

Embarrassé, Nanashi se gratte la tête de la main gauche, sa bonne main. Sa main difforme, la droite, est dissimulée par la manche de son kimono, mais tient fermement les rênes de son cheval. Nanashi est affligé depuis la naissance de cette infirmité, mais avec les années et l'aide de Satô, il a appris à l'utiliser à bon escient. Après s'être entraîné à manier le sabre de la main gauche, il est devenu secrétaire du seigneur Takayama, puis le maître arquebusier du daimyô Oda. Il n'est pas nécessaire d'avoir deux mains agiles pour utiliser une arme à feu.

— Je ne sais pas, Satô. Peut-être que ça te donne l'allure d'un paysan, mais à mes yeux, tu as seulement l'air bizarre.

— J'espère que si nous croisons des samouraïs du clan Imagawa, ils ne penseront pas comme toi ! s'exclame Satô.

Il essuie son crâne récemment rasé, où la poussière du chemin s'est collée à sa sueur. Depuis quelques heures, ils suivent une série de plateaux qui surplombent des rizières vert tendre. Il n'y a pas d'ombre et le soleil printanier tape dur. Son chignon de samouraï lui manque : il n'avait pas l'impression de transpirer autant lorsqu'il avait des cheveux ! Cependant, les paysans ne portent pas la coiffure caractéristique des guerriers. Ils se coupent les cheveux n'importe comment, souvent très courts, pour éviter de les avoir dans les yeux. La plupart d'entre eux portent également des bandes d'étoffe enroulées autour de la tête. Satô comprend soudain qu'elles doivent servir à retenir la sueur. Il n'a pas pensé à s'en munir.

Nanashi, l'air sombre, hausse les épaules.

— Vous déguiser en paysan, voilà bien une autre idée folle de Nobunaga !

— Ce sera une idée de génie si nous réussissons, réplique Satô.

— Et une véritable catastrophe si vous êtes découverts ! Ou simplement si vous dites un mot de travers à un samouraï irascible et qu'il vous décolle la tête des épaules sans plus de formalités !

— Nous serons prudents, le rassure Satô.

— J'espère, marmonne Nanashi, parce que ma vie est également en jeu. Si jamais je devais annoncer à Yukié que son frère et son neveu ont été tués sans que j'intervienne pour les secourir ou les venger, je suis sûr qu'elle me tuerait !

Satô sourit, mais un peu tristement. Nanashi parle de Yukié comme si elle était toujours une jeune guerrière au sang bouillant. La mère-samouraï qu'elle est devenue depuis quelques années est un tout autre personnage. Elle est plus réservée et on la dirait presque habituée à une certaine dose de malheur. Devant une nouvelle affligeante, réagirait-elle toujours avec la férocité de sa jeunesse ?

— Nanashi, pourquoi as-tu insisté pour m'accompagner si tu trouvais l'idée si folle ? demande Satô.

Son ami jette des regards discrets autour d'eux. Satô comprend l'inquiétude de Nanashi et le rassure : bien que Sachirô et les gardes les suivent, avançant à deux de front sur le chemin, ils sont hors de portée de voix.

— Je voulais permettre à Hideyoshi de diriger seul les entraînements des ashigarus, répond Nanashi à voix basse. Je leur enseigne le maniement des arquebuses depuis des mois et certains me vouent plus de respect qu'à Hideyoshi, parce que les membres de ma famille sont samouraïs depuis des générations.

Nanashi soupire avant de continuer.

— Or, Hideyoshi est leur capitaine. C'est lui qu'ils vont devoir suivre durant les batailles. Il faut qu'ils prennent l'habitude de lui obéir.

Satô comprend le soupir de Nanashi. Il admire sa sagesse et son dévouement envers le clan Oda. Le pauvre Nanashi n'a pas souvent obtenu le respect qu'il méritait. Les guerriers l'ont toujours traité comme quantité négligeable, lui faisant sentir à quel point il était chanceux que son père ait accepté de l'élever comme un samouraï. Dans l'univers rude de leurs montagnes natales, beaucoup d'hommes auraient refusé la paternité d'un enfant mal formé, le donnant en adoption à des paysans ou l'abandonnant à la merci des kamis de la forêt. À présent que ses ashigarus l'admirent, stupéfiés par la précision avec laquelle il utilise son arquebuse, à présent qu'il est enfin acclamé pour ses prouesses guerrières, il doit se distancier de ceux qui le respectent et céder son commandement à un autre homme. Satô ne sait pas si, à la place de son ami, il aurait accepté d'aussi bonne grâce.

— Pourquoi Nobunaga ne t'a-t-il pas nommé capitaine des ashigarus? demande-t-il.

L'expression mélancolique de Nanashi se mue en un sourire sincère.

— Satô, tu n'as jamais entendu Hideyoshi s'adresser à des troupes de guerriers de bas rang, n'est-ce pas ?

Satô secoue la tête. En effet, il n'a vu Hideyoshi qu'en présence de samouraïs de haut rang.

— Il a un don pour le commandement, Satô. Il suffit qu'il passe quelques heures en présence d'une troupe pour que les hommes se mettent à l'aimer et qu'ils soient prêts à le suivre dans la traversée d'un océan à la nage ! En t'accompagnant, je lui accorde ces quelques heures. Tu sais, s'il n'était pas aussi loyal envers Nobunaga, Hideyoshi serait une menace pour l'autorité du seigneur Oda. En fait...

Le ton de Nanashi devient lugubre.

— En fait, si jamais le seigneur Oda devait connaître un sort funeste, je ne serais pas surpris que Hideyoshi prenne la direction du clan.

Malgré le sérieux de son ami, Satô ne peut retenir un éclat de rire.

— Voyons, Nanashi ! Jamais les samouraïs n'accepteraient de le suivre !

— Ceux de haut rang, peut-être pas, mais je suis certain qu'il obtiendrait rapidement l'approbation des ashigarus et des samouraïs à un sabre. Et, Satô... Ces deux groupes constituent la majorité de l'armée du clan Oda. Et la majorité de l'armée de n'importe quel daimyô.

Satô balaie les paroles de son ami du revers de la main, comme s'il chassait une mouche importune. Le ciel est bleu, le soleil brille, l'odeur puissante de leurs chevaux se mêle aux parfums de la campagne et, dans quelques heures, ils s'arrêteront dans une auberge de bord de route ou dans la demeure d'un paysan pour prendre un bon repas chaud. Satô se sent vivant et heureux.

— À quoi bon discuter des suites de la mort de Nobunaga ? demande-t-il. Elle n'a pas eu lieu.

— Non, mais nous nous dirigeons droit vers elle, rétorque Nanashi.

À ces mots, Satô fronce les sourcils.

— Que veux-tu dire ?

— Peu importe ce que Sachirô et toi allez découvrir, même si Imagawa a une armée si vaste que vous ne puissiez la dénombrer, Nobunaga va tout de même l'affronter.

Dur de contredire Nanashi. Le seigneur Oda semble effectivement avoir décidé de s'opposer à Imagawa. La mission de Satô et de son neveu servira à l'informer des forces de son ennemi. Elle ne le fera pas changer d'idée.

— Nobunaga ne nous a jamais lancés dans une bataille qui a échoué, objecte Satô.

— Un jour, il y aura une première fois, répond Nanashi. Et cette première fois pourrait bien être la bataille qui s'annonce.

Satô a du mal à reconnaître son ami. Ce ton défaitiste et sombre pourrait presque être interprété comme une trahison. Voilà neuf années qu'ils combattent sous les ordres de Nobunaga et jamais Nanashi n'avait remis le seigneur Oda en doute. Au contraire, ces deux-là se sont toujours amusés comme des fous à effrayer leurs ennemis grâce à leurs stratégies utilisant les arquebuses.

— Qu'est-ce qui t'arrive, Nanashi? C'est la première fois que tu parles ainsi.

Le jeune samouraï se retourne sur sa selle et regarde pendant un moment les cavaliers qui les suivent. Satô voit le regard de son ami se fixer sur Sachirô.

— Dans les derniers jours, je me suis rendu compte que si la bataille tourne mal, ma lignée s'éteindra avec moi. L'avenir des Hanaken est assuré, mais pas celui des Jitotsu.

Cette pensée n'a pas effleuré Satô, sans doute parce qu'il est habitué depuis longtemps à l'idée que le nom des Hanaken a un héritier et que celui des Yamaki en a deux, grâce aux fils de Yukié. Et parce que, à ses yeux, Nanashi est encore le petit garçon auquel il a enseigné à tenir un sabre. Toutefois, Nanashi n'est que de trois années son cadet. Il a plus de vingt ans à présent. C'est un homme fait, dont les préoccupations sont normales et justifiées. Cependant, son inquiétude pour sa lignée ne doit pas le distraire de ses devoirs. Un samouraï distrait devient rapidement un samouraï défunt.

— Il me semble que c'est une pensée de vieil homme qui a peur de ne plus avoir assez d'énergie pour survivre au combat! s'exclame Satô sur un ton léger.

Nanashi émet une exclamation étranglée, mi-rire, mi-outrage.

— Je ne suis pas vieux, Hanaken Satô !

— Pourtant, ce matin, tu te tenais les reins comme un vieillard quand tu t'es levé de ta natte de paille ! le taquine Satô.

— Nous verrons bien qui se sentira vieux lorsque tu auras passé une journée à te promener en habits de paysan, des sacs de riz sur le dos ! réplique Nanashi.

Tandis que l'échange de moqueries se poursuit et que les chevaux continuent d'avancer d'un pas régulier, Satô tente de chasser ses inquiétudes. Demain, il va arpenter les routes, déguisé en paysan, désarmé pour la première fois de sa vie. Et l'héritier des Hanaken l'accompagnera.

Un seul fils n'assure pas l'avenir d'une lignée.

— Hanaken, de l'eau pour…

Takayama s'interrompt. Un bol d'eau fumante repose déjà sur un coffre, dans un coin de la tente, à côté d'un linge de toilette et d'un kimono propre. Yukié dissimule un sourire et se détourne tandis que son seigneur procède à ses ablutions. Le rythme des journées et les gestes à accomplir pour le bien-être de Takayama lui sont revenus sans mal, aussi confortables que le hakama usé et froissé qu'elle a revêtu ce matin-là.

Les longues heures de chevauchée, quoique tout aussi familières, lui ont causé davantage de soucis. Elle a perdu l'habitude de semblable exercice. L'arrêt pour la nuit a été le bienvenu, mais si elle n'y prend pas garde, demain elle aura les fesses et les cuisses parcourues de crampes, dures comme des bouts de bois. Elle profite du moment où le seigneur est distrait par sa toilette pour étirer discrètement ses muscles endoloris, en équilibre sur un pied, la cheville de l'autre jambe dans la main, talon pressé contre la fesse. Un côté, puis l'autre. Elle sent ses cuisses se crisper, douloureuses, puis se détendre. Voilà qui devrait amoindrir les courbatures.

— La journée a été dure, Hanaken ?

Elle sursaute. Takayama a déjà changé de vêtements et il la regarde, sourcils froncés.

— Non, mon seigneur, répond-elle en reposant au sol le pied qu'elle tenait toujours dans sa main.

Takayama ne relève pas le mensonge éhonté.

— Va chercher notre repas, alors.

Notre repas ? Elle doit avoir mal entendu.

— Mon seigneur ? Je…

— Tu souperas avec moi, Hanaken. Et presse-toi, j'ai faim.

Confuse, elle quitte la tente et se rend auprès du feu que les gardes de la petite escorte ont allumé afin d'y faire cuire le repas. Lorsqu'elle demande deux bols de riz et de poisson séché, les hommes lui adressent des regards étonnés. D'ordinaire, le seigneur mange seul. De plus, il est rare que des femmes s'alimentent en présence d'hommes extérieurs à leur famille, hormis lors des repas de fête. Même au sein des demeures familiales, il est de plus en plus courant pour les femmes de haut rang d'imiter les courtisanes et de manger seules à la cuisine, avant d'aller servir aux hommes leur nourriture. Ainsi, dit-on, les femmes sont plus attentives aux besoins de ces derniers et leur assurent un repas plus harmonieux. Yukié n'a pas adopté cette façon d'agir, mais l'idée de manger en présence de son seigneur l'intimide tout de même. Elle n'est pas certaine que ses manières à table soient irréprochables. Sa mère, jadis, poussait souvent des hauts cris devant ses entorses au protocole.

Elle revient vers la tente, les mains chargées d'un plateau, et se glisse entre les pans entrouverts. Takayama a déjà pris place sur un coussin de paille, devant la table basse qui l'accompagne depuis des années dans tous ses déplacements. C'est autour de cette table, dont la laque commence à s'user, qu'avait été établi le plan qui, des années plus tôt, a placé le clan de Takayama sous la protection des Oda. Yukié dépose le plateau, dispose flacon de saké, coupes, bols et baguettes, puis s'assoit face à son seigneur.

Elle murmure les formules de politesse habituelles, remerciant les kamis pour le repas qu'elle s'apprête à manger, puis attend que Takayama entame son bol de riz avant de l'imiter. Elle sait que le seigneur devait avoir une raison de lui demander de souper en sa compagnie. Elle attend donc la première question, qui ne tarde pas à venir.

— Crois-tu que Nobunaga survivra à l'échec, Hanaken ?

Elle prend le prétexte d'une bouchée de poisson séché un peu coriace pour mastiquer longuement et se donner le temps de réfléchir.

— Que mon seigneur me pardonne, dit-elle après avoir dégluti, mais ne présume-t-il pas un peu vite de la défaite de Nobunaga ? Imagawa n'est pas invincible et…

— Je ne parlais pas nécessairement d'un échec contre Imagawa, coupe Takayama. Cette défaite est probable, mais Nobunaga a l'effronterie et le courage nécessaire pour convaincre une pierre de donner du lait. Non, je voulais dire… de manière générale, crois-tu que Nobunaga pourrait survivre à un échec ?

Yukié tente d'imaginer leur daimyô humilié, vaincu, mais sacrifiant sa fierté au bénéfice de son clan. Elle n'y arrive pas. Pendant des années, Nobunaga a refusé de porter ses kimonos de manière décente sous prétexte qu'ils gênaient ses mouvements. Un homme aussi entier perdra sa vie plutôt que sa fierté.

Elle secoue la tête.

— Non. Le jour où son audace ne suffira pas à assurer la victoire, il se fera seppuku.

Takayama acquiesce.

— C'est ce que je crois aussi. Et ce jour pourrait être proche.

Le ton de Takayama est sombre, funeste. Cependant, Yukié refuse de se laisser envahir par la crainte.

— Nobunaga n'a-t-il pas des frères, des fils et des neveux ? Sans compter des généraux talentueux, comme cet Hideyoshi. Même s'il meurt, le clan Oda vivra, mon seigneur.

— Te voilà bien affirmative, Hanaken, remarque Takayama sans paraître s'en offusquer.

C'est vrai. D'où lui vient donc cette confiance dans le futur du clan ? Dès qu'elle formule cette question, la réponse s'impose d'elle-même. Les visages de Miyuki, Eijirô et Fuu dansent devant ses yeux. Elle doit croire en la survie du clan. Sinon, autant enterrer dès maintenant ses enfants.

— Ne suis-je pas une mère à présent ? Et les mères n'espèrent-elles pas toujours le meilleur pour leur descendance ?

Le seigneur hausse les épaules.

— Peut-être, en effet. Les mères peuvent être optimistes, tandis que les généraux se préparent toujours au pire. Mais tu as raison : le clan Oda ne manque ni d'héritiers ni de chefs pour le diriger. Cet Hideyoshi, surtout, est ambitieux. Il ira loin.

Takayama s'absorbe un instant dans la contemplation de son bol de riz. Yukié leur verse une coupe de saké, qu'ils boivent en silence. Puis le seigneur avale quelques bouchées de nourriture, avec un manque d'appétit évident.

— Quel âge a ta fille ? demande Takayama.

Elle fronce les sourcils. Les hommes posent rarement ce genre de question.

— Huit ans, mon seigneur.

— Trop jeune alors, murmure Takayama. Mon fils, Hitô, aura bientôt vingt ans.

Cette réponse la frappe comme une gifle.

— Vous la considériez pour un mariage avec votre fils ? s'exclame-t-elle.

— Pourquoi pas, Hanaken ? Ta famille est de bon rang. Et ta lignée produit des femmes d'une santé exceptionnelle.

Elle sait que, en prononçant ces mots, le seigneur pense à son ancienne concubine, Dame Bei, la mère de son fils. Celle-ci s'est éteinte des années plus tôt, victime de la maladie des poumons qui la rongeait depuis l'enfance. En apprenant la nouvelle, Takayama s'était enfermé dans ses appartements pendant trois jours. Depuis, il n'a plus prononcé son nom.

— Ma lignée produit des guerrières, qui font de bien piètres épouses, objecte-t-elle.

— Tu es mariée pourtant, Hanaken, dit Takayama.

Des dizaines de réponses traversent l'esprit de Yukié. *C'était une erreur. Yamaki n'est pas heureux. Vous nous avez entendus nous quereller. Je m'ennuie de l'époque où je m'entraînais avec les gardes et dormais au pied de votre lit. Mes fils sont indisciplinés. Je suis une mauvaise mère. Épargnez cela à ma fille...* Elle les écarte toutes et plaque sur ses lèvres un sourire factice.

— Avez-vous terminé, mon seigneur ? dit-elle en tendant la main vers les bols presque vides.

Pendant un instant, Takayama la regarde en silence. Elle sent sa gorge se nouer. S'il insiste, elle devra répondre. Avouer, à sa grande honte, que son mariage est houleux et qu'elle n'a pas su, malgré ses efforts, devenir une bonne épouse et créer l'harmonie dans sa demeure.

Le seigneur vide sa coupe de saké et la dépose avec bruit.

— Oui, Yukié, j'ai fini.

Elle dessert la table et sort. Lorsqu'elle revient, Takayama s'apprête à se glisser dans son lit de camp. Avant de dérouler à même le sol la natte de paille qui lui servira de couche, Yukié écarte largement les pans qui servent de porte et accroche, en travers de l'ouverture, un voile de soie solide, mais très fin. Si diaphane, en fait, que la bougie à mèche de jonc qui demeure allumée dans un coin de la tente suffit à y projeter des ombres nettes. Ainsi, les occupants de la tente sont à l'abri des insectes et de la pluie, mais les gardes postés à l'extérieur peuvent épier tous leurs mouvements. Au matin, personne ne pourra prétendre que Yukié, malgré sa présence sous la tente de son seigneur, aura posé un geste contraire à l'honneur.

Takayama observe ces préparatifs sans intervenir. Ce n'est qu'une fois qu'ils sont tous deux couchés qu'il émet un commentaire, sur un ton bref qui n'appelle pas de réponse.

— L'homme à qui j'ai accordé la faveur de t'épouser est choyé, Hanaken.

L'instant suivant, le seigneur s'est endormi.

12

— Croyez-vous que ce soit encore loin, Père ?

Satô soupire. Il sait que Sachirô a tenté d'effacer de sa voix toute intonation geignarde, mais il n'y est parvenu qu'à moitié. Et c'est la troisième fois qu'il pose cette question depuis qu'ils ont abandonné Nanashi, les gardes et les chevaux au creux d'un bosquet de bambous. Heureusement, cette fois-ci, Satô peut varier sa réponse, même si le paysage qui les entoure, une vaste forêt de feuillus, n'a pas changé d'une feuille. Le haut de la colline, derrière laquelle ils espèrent apercevoir le clan Oda, semble toujours aussi loin devant eux.

— Utilise ton nez, Sachirô, et dis-moi ce que tu remarques.

Le garçon renifle plusieurs fois, avec bruit.

— Ça sent la fumée, n'est-ce pas ?

Sachirô renifle encore et grimace.

— Et les latrines !

Satô hoche la tête.

— En effet, nous sentons les feux de cuisine et les déchets du camp. Cela signifie que nous approchons.

Il replace distraitement les sacs de riz qu'il a attachés avec des cordes en travers de ses épaules et de son dos. Son neveu l'imite, en se tortillant pour que les cordes glissent et changent de position. Son fardeau est évidemment moins lourd que celui de Satô, mais il est tout de même conséquent : les enfants des paysans sont habitués à travailler dur. Alors qu'un guerrier sait courir, bondir, brandir un sabre ou bander un arc, un paysan peut travailler courbé pendant des heures, le dos écrasé par une charge ou les mains occupées à replanter des pousses de riz. Père disait à Satô que les samouraïs sont des tigres, mais que les paysans sont des tortues. Comme elles, ils bougent lentement, mais sans fatigue, en portant, s'il le faut, leur maison sur leur dos.

Les sacs de Sachirô complètent son déguisement, mais Satô espère qu'ils serviront également à lui apprendre le respect dû aux paysans. Sans eux, les samouraïs n'auraient ni sabre à brandir, ni toit sur leur tête, ni de riz dans leur marmite. C'est pourquoi, même au cœur des guerres les plus sanglantes, les batailles se livrent toujours loin des villages et des champs cultivés. Mêmes les daimyôs qui se battent pour le titre de shôgun doivent préserver la vie des paysans et l'intégrité des récoltes, sous peine de se retrouver à régner sur des affamés.

Absorbé par ses réflexions, Satô se rend compte trop tard qu'un groupe de samouraïs vient d'apparaître en haut de la colline, devant eux, et avance dans leur direction. Ils sont dix, armés de sabres et de lances. L'un d'eux a accroché dans son dos une bannière arborant l'emblème d'Imagawa, trois gerbes de fleurs poussant sur une feuille trilobée. Une patrouille, sans doute. Ils ont aperçu Satô et son neveu et pressent le pas.

Satô sent sa bouche s'assécher. Il espérait s'approcher davantage du camp avant de devoir endosser son rôle de paysan. Et il n'aime pas l'aspect des guerriers qui s'approchent : maigres, avec des vêtements sales et des armes usées. L'un d'eux n'a même pas de sandales !

Il courbe le dos sous son fardeau de riz, penche la tête, s'efforce de ralentir le pas, comme s'il marchait depuis longtemps. Du coin de la bouche, il lance un dernier avertissement à son neveu.

— N'oublie pas, Sachirô : tu dois traiter ces hommes comme s'il s'agissait du daimyô.

Le garçon acquiesce. Il est pâle. Lui aussi a remarqué l'aspect dépenaillé des guerriers.

Deux groupes de samouraïs se croisant se seraient hélés à distance prudente, hors de portée de sabre, et auraient échangé des explications, mains sur les poignées de leurs armes, mais sans dénuder les lames. Cependant, des paysans n'ont pas droit à autant de respect. Les guerriers s'avancent vers eux, sabres dégainés.

Satô sent son souffle s'accélérer et doit faire un effort pour éviter de serrer les poings ou de lever les bras en une posture défensive. La proximité d'autant de lames nues le met en état d'alerte, éveillant tous les instincts guerriers inculqués depuis l'enfance. Il n'a même pas un poignard sur lui. Jamais il ne s'est senti aussi vulnérable. Il remarque que son neveu tremble. Sans doute a-t-il lui aussi les nerfs à vif.

— Qu'est-ce que vous faites là? aboie l'un des samouraïs.

Aussitôt, Satô se laisse tomber à genoux, car un paysan n'oserait pas parler à un samouraï en gardant les yeux au même niveau que les siens. Il salue les guerriers en posant presque le front dans la poussière. Il entend, par le froissement de tissu à ses côtés, que Sachirô a suivi son exemple.

— Seigneur samouraï, balbutie Satô en imitant de son mieux le rude accent paysan, nous venons vendre notre riz au campement.

Sa réponse arrache une exclamation ravie à quelques guerriers. Le camp d'Imagawa doit manquer de vivres. Ou alors ils sont mal distribués. Cependant, le samouraï qui a déjà parlé et qui semble être le chef de la patrouille reprend la parole, coupant court aux réjouissances.

— Vous êtes sur une route qui mène à des territoires ennemis, remarque-t-il. Vous n'êtes pas des paysans de notre seigneur. Pourquoi est-ce que vous nous apporteriez de la nourriture?

Question délicate. Que répondre? La vérité? Pour un paysan, les notions de seigneur ami ou ennemi sont floues et sans intérêt. Peu importe qui gouverne, la récolte viendra au même moment et elle sera en partie remise aux samouraïs. Cependant, un paysan avouerait-il son indifférence ? Non, sans doute pas. Cela pourrait être considéré comme de l'impertinence.

— Dans mon village on dit que, bientôt, votre très honoré seigneur sera aussi le mien, seigneur samouraï, répond Satô.

Le samouraï ricane.

— Les paysans du fou d'Owari sont plus futés que lui, on dirait !

Satô serre les dents en entendant le vieux surnom de Nobunaga, que plus aucun vassal du clan Oda ne se risquerait à prononcer. Jamais il n'aurait cru qu'un jour il laisserait un guerrier d'aussi bas rang insulter son daimyô sans réagir.

— Debout, ordonne le samouraï. Nous allons vous escorter jusqu'au campement.

Les sacs de riz ont dû se déplacer lorsqu'il s'est plié jusqu'à terre pour saluer. Alors qu'il se redresse, Satô les sent glisser vers sa droite, ce qui le déséquilibre. Il doit reposer au sol le genou qu'il venait de déplier, le temps de remettre son fardeau d'aplomb. Alors qu'il s'affaire, l'un des guerriers de la patrouille, impatient, lui donne un coup dans les côtes avec la hampe de sa lance.

— Plus vite ! grogne-t-il.

Le choc chasse l'air des poumons de Satô, qui s'entend pousser un cri étranglé.

— Père! s'écrit Sachirô en se précipitant vers lui.

La douleur est faible, il n'a pas été blessé, mais il a l'impression que l'inconfort part de ses côtes et irradie vers ses poings, se transformant en une rage intense et brûlante. Il pourrait se jeter sur cet homme, lui arracher sa lance et... Et que ferait-il, à un contre dix? Il serait tué et Sachirô également. Le nom des Hanaken mourrait avec eux. Père lui a toujours dit qu'un bon guerrier sait choisir ses combats.

Son neveu lui tend une main. Satô la prend et accepte l'aide du garçon pour se relever. Il n'en a pas vraiment besoin, mais tant qu'il fixe son attention sur Sachirô, il lui est plus facile de contrôler sa colère. Il est un paysan. Les samouraïs ont droit de vie et de mort sur lui. Il suffirait de lancer à l'un d'eux un regard noir de haine pour les insulter mortellement et subir la morsure de leurs lames.

Le chef de la patrouille donne quelques ordres et le petit groupe se met en route, vers le sommet de la colline. Sous leurs pieds, la pente s'accentue. Les samouraïs marchent vite et n'hésitent pas à bousculer Satô et son neveu lorsque, ralentis par leur charge, ils n'arrivent pas à garder le rythme dans la montée. Bientôt, Sachirô a les larmes aux yeux, mais il a l'intelligence de ne pas se plaindre. Satô ressent chaque bourrade, chaque insulte, comme de cuisantes brûlures. Jamais il ne s'est senti aussi humilié, aussi impuissant. Il n'a jamais traité un paysan avec autant de mépris et de brutalité!

Alors que le campement d'Imagawa apparaît, enfin, immense, en contrebas d'une colline qu'ils viennent de gravir, Satô formule intérieurement deux promesses : plus jamais il n'acceptera une mission qui le forcera à se livrer, désarmé, aux mains d'autres guerriers. Et s'il revient vivant de cette aventure, il s'assurera que tous les guerriers qu'il entraîne comprennent le respect dû aux paysans.

— Arrêtez ici, nous sommes assez près, ordonne le chef de la patrouille.

Satô et son neveu s'immobilisent. Satô devine ce qui va suivre.

— Donnez-nous le riz, ajoute le chef. Et déguerpissez.

Alors que Sachirô détache les cordes qui retenaient son fardeau contre son dos, Satô prend une longue inspiration, comme s'il se préparait à un combat. Il va devoir jouer son rôle jusqu'au bout. Puissent les kamis lui venir en aide.

— Mais, seigneur samouraï, dit-il d'une voix geignarde, ce riz, nous venions le vendre.

Même s'il l'avait voulu, il n'aurait pas eu le temps d'éviter le coup du revers de la main que le chef de patrouille lui assène. Il tombe à genoux, un goût de sang dans la bouche.

— Vendre le riz ! rugit le chef de patrouille. Nous ne commerçons pas avec nos ennemis !

Du coin de l'œil, Satô voit l'un des guerriers lever sa lance. Ça y est. Il est mort.

La lame glisse contre son dos, une fois, puis une autre encore, entaillant à peine sa peau, mais tranchant nette les cordes des sacs de riz. Ceux-ci tombent au sol. Les guerriers s'en emparent. Ils ont les yeux presque fiévreux. Depuis quand n'ont-ils pas mangé à leur faim ?

Sachirô crie lorsqu'un samouraï le frappe derrière les genoux avec sa lance. Cette fois, Satô n'a pas à se retenir de bondir à son secours. Le coup à la tête l'a sonné. Il a l'impression que toute la scène se déroule dans un brouillard.

— Saluez correctement vos supérieurs, tous les deux ! aboie le chef.

Satô obéit. Il pose les mains au sol devant lui et s'incline jusqu'à les toucher du front. Dans cette position, les yeux à ras de terre, le monde semble reprendre de la netteté. Il entend les guerriers qui les encerclaient s'éloigner, descendre vers le campement.

Ils sont vivants. Il a du mal à croire à leur bonne fortune.

— Et repartez d'où vous êtes venus ! lance la voix, déjà plus lointaine, du chef de patrouille. Comptez-vous chanceux que nous ne voulions pas souiller le chemin avec vos entrailles.

Le samouraï devrait plutôt dire qu'il ne veut pas laisser de preuves embarrassantes de ce vol. Le riz sera sans doute revendu à prix d'or dans le camp au cours des prochaines heures, hors des circuits normaux d'approvisionnement. Satô attend de ne plus percevoir le bruit des pas des guerriers avant de se redresser.

— Tout va bien, Sachirô ? murmure-t-il.

Il voit son neveu essuyer ses yeux et son nez sur sa manche, y laissant une traînée rose pâle, larmes, morve et sang mêlés.

— Oui, Père, souffle le garçon.

— Alors, ouvre grand tes yeux, car nous n'avons pas beaucoup de temps. D'après toi, combien d'hommes y a-t-il dans l'armée d'Imagawa ?

Satô accompagne sa question d'un geste vers la plaine en contrebas, où le camp ennemi se déploie. Il entend Sachirô pousser une exclamation de surprise étranglée. Jusqu'ici, son neveu avait été trop préoccupé par le danger que la patrouille représentait pour remarquer le spectacle qui s'offrait à lui. À présent, le garçon prend la mesure de la véritable ville de tentes et de baraques qui s'étend à perte de vue, labyrinthe de toile et de bois partiellement voilé par la fumée des feux de cuisine, résonnant de mille éclats de voix. Au centre, tel un oiseau gigantesque qui se serait posé dans un tas d'immondices, trône le palais de soie d'Imagawa.

— Viens, Sachirô, lance Satô au bout d'un moment. Retournons auprès de notre escorte avant qu'une autre patrouille ne nous remarque.

Le garçon hoche la tête et s'arrache à sa contemplation muette.

— Vous ne semblez pas impressionné, Père, remarque-t-il tandis qu'ils reprennent tous deux la direction du retour.

Satô hausse les épaules. Le dos de son kimono est humide de sang, mais ses blessures doivent être superficielles, car il les sent à peine. Le prix à payer pour ramener à Nobunaga un portrait du camp adverse aurait pu être plus élevé. Et les résultats, moins encourageants.

13

Lorsque le fort de Marune se profile au loin, petite forteresse de bois clair qui évoque une grue blanche juchée sur le sombre pic montagneux, Takayama signale à son escorte de s'arrêter. Yukié, curieuse, amène son cheval auprès de celui du seigneur. S'ils continuent d'avancer, ils seront bientôt visibles depuis les murs de la forteresse, qui doivent grouiller d'archers. On les criblera de flèches avant même qu'ils puissent indiquer leurs intentions. L'emplacement du fort a été bien choisi. Elle scrute les parois du défilé, le long de la route encaissée qu'ils suivent depuis plusieurs heures, mais ne voit aucune piste, aucun repli qui permettrait une approche discrète et indirecte.

— Allons-nous attendre la nuit, mon seigneur? demande-t-elle.

Takayama secoue la tête.

— Non, Hanaken.

— Mais, mon seigneur...

Ils ne peuvent pas avancer en plein jour. Leur trajectoire suffirait à les identifier comme des ennemis. Des hommes d'Imagawa arriveraient par l'autre côté du col défendu par le fort.

— Déploie ma bannière, Hanaken, ordonne Takayama.

Sa bannière ? Le seigneur est devenu fou ! À force de côtoyer Nobunaga, cela devait finir par arriver. Voilà qu'il veut signaler clairement sa présence à la garnison du fort. Alors que tous savent qu'il est l'un des vassaux les plus précieux du clan Oda. Elle s'apprête à protester de nouveau, mais l'expression de son seigneur l'en empêche. Malgré l'air grave et sévère que Takayama arbore en permanence, comme tous les samouraïs de haut rang, un sourire semble tirer les coins de ses lèvres et illuminer ses yeux plus noisette que noirs.

Yukié se penche sur les bagages de son seigneur et découvre rapidement la bannière. La texture du tissu la surprend. On dirait que la soie est mince et vieille, attaquée par l'humidité. Pourtant, les bannières des Oda sont tissées de fils robustes et remplacées dès qu'elles montrent des signes d'usure.

Alors qu'elle déplie le tissu et l'accroche à son support de bambou, Yukié comprend le sourire dissimulé de Takayama. La bannière qu'il a emportée dans ses bagages est celle qu'il a brandie, des années auparavant, alors qu'il était au service d'Imagawa : trois gerbes de fleurs poussant sur une feuille trilobée.

— Vous croyez que cela suffira pour tromper la garnison du fort? demande-t-elle au seigneur tout en s'affairant.

— Sans doute pas, dit Takayama. Cependant, les jeunes gens intelligents deviennent brillants grâce à leur curiosité. Si ce Matsudaira est aussi vif que Nobunaga et toi le pensez, il voudra connaître notre véritable identité et la raison de notre présence avant de nous cribler de flèches.

La réponse ne rassure pas Yukié autant qu'elle l'aurait espéré. Et si Matsudaira Takechiyo n'était pas curieux? Toutefois, au signal de Takayama, elle se remet en selle, comme les autres gardes, et dirige son cheval vers le fort de Marune.

La troupe avance au pas, dans un silence tendu, brisé uniquement par le claquement des sabots des chevaux sur la route pierreuse. Tous portent leurs armures et leurs casques, mais leurs masques de guerre sont attachés à leur selle. De loin, les taches claires de leurs visages dénudés seront autant de symboles de leurs intentions pacifiques. Yukié a l'impression que son cœur bat au même rythme sourd que les pas de sa monture. Elle avance aux côtés de son seigneur. Leur escorte les suit, deux par deux. Le garde placé derrière Takayama brandit la bannière aux armes d'Imagawa. La brise se prend dans le tissu, qui claque avec force, rappelant le bruit d'un tir d'arquebuse. Yukié sursaute. Le bruit lui semble un mauvais présage. Les chevaux tressaillent. Elle déteste les armes à feu, grâce auxquelles même un homme faible et malhabile peut tuer un samouraï. Elle se souvient encore de sa peur le jour où son cheval avait été fauché en plein galop par une balle. Elle avait été chanceuse de s'en sortir sans se rompre le cou !

Ils sont en vue du fort et elle commence à distinguer des formes mouvantes au faîte des murs. Ils craignent les flèches des archers, mais ils n'ont pas envisagé la possibilité que des teppôs soient employés contre eux.

Elle entend des cris, étouffés par la distance. Leur présence a été remarquée. Cependant, il est impossible de savoir si l'alarme a été donnée et si les archers se préparent à tirer ou si le commandant de la forteresse a simplement été prévenu de l'approche d'alliés potentiels.

Yukié sent de grosses gouttes de sueur couler le long de son dos, sous son armure. Sur les murs, des samouraïs s'agitent. À chaque pas de son cheval, de nouveaux détails deviennent visibles. Désormais, elle voit les grands arcs des défenseurs du fort se découper contre le ciel bleu.

Sans même y penser, elle pousse son cheval en avant, dépasse la monture de Takayama et se rabat devant lui, s'interposant entre son seigneur et d'éventuels projectiles.

Elle entend Takayama pousser un grognement de surprise, mais elle ne tourne pas la tête vers lui. Ses yeux sont fixés sur le fort, d'où pourrait jaillir à tout instant une pluie mortelle, de flèches ou de balles d'arquebuses.

Si cela devait arriver, son corps serait l'ultime rempart de son seigneur, car tel est le devoir d'un samouraï. Grâce à son sacrifice, il pourrait gagner de précieux instants et, peut-être, fuir pour mieux revenir.

La route monte vers le fort, qui se rapproche inexorablement. Ils sont largement à portée de flèches désormais. Elle voit un samouraï posté sur le mur, au milieu du rang des archers, lever le bras. Elle aperçoit aussi, très vite, à l'orée de son champ de vision, les formes vagues de ses enfants. Miyuki, Eijirô et Fuu la regardent. Yamaki se tient derrière eux, souriant comme aux beaux jours de leur jeunesse. Elle bat des cils. Ses enfants et son époux disparaissent. Ils n'étaient présents que dans son esprit. Devant elle, sur le mur, le samouraï a toujours le bras levé.

L'homme pousse un cri. Yukié expire avec force et se crispe, dans l'attente d'une flèche ou, pire, d'un coup d'arquebuse. Un bruit dévale le pic à sa rencontre, mais ce n'est pas le claquement des cordes d'arc ni l'explosion des teppôs. Il s'agit du grincement de gonds gigantesques. La barre qui fermait les portes du fort a été levée et les battants massifs s'ouvrent lentement, poussés par une petite troupe de samouraïs. Sur le mur, les arcs s'abaissent.

Yukié ne peut retenir son profond soupir de soulagement. Les mains tremblantes, elle manœuvre sa monture pour reprendre place aux côtés de son seigneur. Elle remarque alors que le front de Takayama est luisant de transpiration. Elle se doute que si elle se retournait pour regarder les hommes qui les suivent, elle verrait d'autres visages brillants de sueur. Tous les samouraïs sont prêts à affronter la mort au service de leur seigneur. Mais marcher lentement vers elle n'est tout de même pas une entreprise aisée.

Ils ne sont pas complètement tirés d'affaire. Yukié tremble à l'idée que leur ruse soit éventée après leur entrée dans le fort. Cependant, si cela devait se produire, au moins auront-ils leurs adversaires à portée de sabre. La perspective du trépas s'affronte plus aisément *katana* en main.

Enfin, la petite troupe atteint le fort. Ils mettent pied à terre sous le linteau de la porte et pénètrent dans la cour intérieure en tenant leurs chevaux par la bride. Des samouraïs arborant l'emblème d'Imagawa sur leurs armures sont alignés de chaque côté de la cour. Au fond, face à la porte, sur une galerie menant aux quartiers habitables du fort, un jeune homme aux joues potelées semble les attendre. Il est vêtu d'un kimono de soie coûteuse et nul ne peut ignorer la qualité des sabres glissés à sa ceinture, car leurs fourreaux portent la marque de Muramasa, un armurier réputé. La moustache clairsemée du jeune samouraï est sans doute destinée à le vieillir, mais elle semble plutôt souligner sa jeunesse. Il ne doit pas avoir plus de dix-huit ans.

Takayama abandonne la bride de son cheval à l'un de ses gardes et se dirige vers le jeune homme. Yukié marche un pas derrière son seigneur, la main posée près de la poignée de son sabre, ainsi que le ferait tout garde du corps, mais non directement sur la poignée, ce qui serait interprété comme une insulte ou même comme une agression. Lorsqu'ils arrivent à quelques pas de la galerie, Takayama s'incline, tandis que Yukié se laisse tomber sur un genou et baisse la tête, en un salut guerrier.

— Seigneur Takayama, je présume, dit le jeune samouraï.

Ils sont découverts! Yukié sent tous ses muscles se tendre sous l'effet de la panique. Elle relève brusquement la tête, anticipant la première attaque. C'est alors qu'elle croise le regard amusé du jeune samouraï. C'est bien celui, vif et pétillant, du petit Takechiyo, ce garçon qu'elle a rencontré il y a si longtemps sous la tente d'Imagawa. En repensant à sa réponse, elle se rend compte qu'il a parlé à voix très basse, juste assez fort pour être entendu de Takayama et de Yukié, mais non de ses propres guerriers, postés quelques pas en retrait.

— On vous appelait Takechiyo lorsque vous étiez enfant, répond Takayama d'un ton calme, comme s'il discutait d'un détail insignifiant peint sur un paravent. Je crois cependant que Matsudaira est plutôt de mise à présent, n'êtes-vous pas d'accord?

— En effet, dit Matsudaira en s'inclinant.

Après s'être redressé, il hausse brusquement le ton.

— J'ai bien hâte de connaître le message de mon daimyô. Vous avez dû partir dans une grande hâte pour oublier de vous munir d'une bannière neuve!

Une bannière neuve? Yukié jette un œil discret aux bannières portées par les guerriers postés dans la cour. Il s'agit pourtant du même emblème : trois gerbes de fleurs poussant sur une feuille trilobée… Cependant, le symbole est désormais inscrit dans un cercle brodé au fil d'or, visible uniquement sous certains jeux de lumière.

— Prenez le temps de soigner vos chevaux et de vous baigner, ajoute Matsudaira. Je vous invite, vous et votre charmante garde du corps, à partager mon souper. C'est alors que nous parlerons.

Matsudaira Takechiyo tourne les talons et disparaît dans les quartiers d'habitation du fort, tandis qu'une poignée de ses gardes entourent la troupe de Takayama et la dirigent vers les écuries et les bains. Tout danger n'est pas écarté, les gardes du clan Oda devront surveiller leurs paroles s'ils ne veulent pas que les samouraïs dirigés par Matsudaira devinent la supercherie, mais leur mission est bien engagée et Yukié a l'impression que le soulagement de ses compagnons est palpable.

Après tout, Matsudaira a deviné dès qu'il les a aperçus au loin qu'ils n'étaient pas de véritables messagers d'Imagawa. Pourtant, il a décidé de les accueillir. Elle ne sait pas ce que cela signifie exactement, mais il lui semble que c'est de bon augure pour le clan Oda.

— Satô ! Ton cheval a besoin d'une pause et toi aussi ! s'exclame Nanashi.

Le ton exaspéré de son ami pousse Satô à tirer sur les rênes. Sa monture, qui aurait seulement dû ralentir, s'arrête aussitôt. Les autres chevaux de la troupe, sans attendre de commande de leurs cavaliers, s'immobilisent à leur tour. Les bêtes respirent avec bruit et leurs flancs sont couverts de sueur. Les chevaux de rechange n'ont guère meilleure mine.

— Nobunaga nous attend, proteste Satô pour la forme.

Cependant, il sait que continuer serait imprudent. Il est épuisé, ses gardes également. S'ils tombaient sur des espions d'Imagawa ou des troupes envoyées en éclaireur, l'issue du combat serait incertaine. De plus, les chevaux sont tellement fourbus qu'il ne serait pas étonnant, s'ils poursuivaient leur route, de les voir mourir sous le poids de leurs cavaliers. Certains moines prétendent que les chevaux possèdent des âmes de samouraïs et que c'est pour cette raison que la loyauté les pousse parfois à ignorer leurs limites. Satô espère que les moines se trompent : il n'aimerait guère se réincarner en cheval et passer sa prochaine existence à porter des fardeaux. Cependant, les montures constituent un avantage militaire trop précieux pour qu'il prenne le risque de les sacrifier.

Il met pied à terre et signale au reste de la troupe de l'imiter.

— D'accord, arrêtons-nous le temps d'une sieste, dit-il.

En levant le bras pour prendre son cheval par la bride, il sent son kimono tirer douloureusement sur la plaie qui balafre son dos. Il grimace. Le tissu doit avoir collé à la croûte de sang qui s'est formée sur la coupure.

Son neveu, alerté par son expression de souffrance, se précipite.

— Tout va bien, Père ? demande Sachirô.

Satô hausse les épaules. À nouveau, son dos est parcouru de tiraillements, mais cette fois la douleur ne le prend pas par surprise et il arrive à maîtriser les traits de son visage. Il regarde le ciel. Le soleil est bas, le crépuscule approche. Ils ont chevauché toute la nuit passée, puis durant la majeure partie de la journée. Nanashi a raison : une sieste est nécessaire. Un repas chaud ne serait pas de refus non plus. Le chemin qu'ils suivent depuis quelque temps serpente au cœur d'un boisé plutôt dense. Il serait aisé d'y allumer et d'y dissimuler un feu de cuisine.

— Et si tu allais nous chercher du bois au lieu de t'inquiéter ? propose Satô.

Sachirô acquiesce et s'enfonce aussitôt entre les arbres, d'un pas qui ne trahit nulle trace d'épuisement. Satô s'étonne de l'énergie de son neveu. Il se sent encore jeune et n'a pas l'impression d'avoir perdu la vigueur de sa jeunesse, mais il doit admettre que Sachirô démontre une résistance à la fatigue que lui-même ne possède pas. Ou peut-être ne la possède-t-il plus ?

Dès que Sachirô est hors de vue, Nanashi s'approche, outre d'eau, pot d'onguent et bandages à la main.

— Si tu nous avais dit, hier, que tes blessures étaient profondes, nous aurions pu les panser pendant qu'elles étaient fraîches ! grogne le petit samouraï.

— Je pensais qu'elles avaient fini de saigner et qu'elles se refermeraient toutes seules.

— Oh, pour se refermer, Satô, elles se sont refermées… sur ton kimono de paysan tout encroûté de poussière !

Satô baisse sa tête rasée, où perle la sueur. Son ami a raison de le gronder. Une blessure mal soignée, même bénigne, risque de s'infecter et de s'aggraver. Or, Nobunaga aura bientôt besoin que tous ses guerriers soient aptes au combat. Ce n'est pas le moment, pour un maître d'armes, de risquer inutilement sa santé.

— Fais vite avant que Sachirô revienne, demande Satô en s'assoyant dans l'herbe qui longe la route.

Il dépose ses sabres près de lui, défait la ceinture de son kimono et en sort les pans, qu'il a glissés hâtivement, la veille, dans son hakama. Il voit Nanashi passer derrière lui et l'entend s'activer. Son dos est aspergé d'eau. Il serre les dents, car il sait ce qui va suivre. Son ami agrippe le vêtement trempé et, d'un geste sec, l'arrache du dos de Satô. Le tissu emporte une partie des croûtes qui se sont formées sur les blessures et Satô sent certaines plaies se rouvrir. Quelques filets chauds, du sang frais, dégoulinent dans son dos. Il expire avec force et longuement, pour chasser la douleur qui trace des sillons dans sa chair. Nanashi applique sur les plaies un onguent à l'odeur herbeuse, avant de recouvrir le tout de bandages propres.

Lorsque son ami a terminé, Satô a le torse enroulé dans d'étroites bandes de toile blanche.

— J'ai quelques égratignures, mais à voir ces pansements, on dirait que je suis à l'article de la mort! se plaint-il.

Nanashi glousse.

—Alors dépêche-toi de te cacher sous un kimono propre, avant que les rumeurs de ton trépas ne parviennent aux oreilles de notre seigneur. Ou pire, à celles de ta sœur!

La mention de sa sœur rend Satô songeur. Yukié et le seigneur Takayama se sont vu confier une mission fort dangereuse. S'infiltrer au cœur d'un camp ennemi pour tenter de convertir le commandant à la cause de Nobunaga, c'est autrement plus risqué qu'un simple espionnage. Il essaie de se rassurer. Il y a des années, Yukié s'était retrouvée entourée d'ennemis, sous la tente du général Imagawa, et elle était parvenue à s'échapper. Sa sœur est pleine de ressources et le seigneur Takayama est d'un naturel prudent. Si la mission se révèle impossible, ils y renonceront, voilà tout.

Reste à espérer que Nobunaga ne s'en irrite pas et ne leur ordonne pas de se faire seppuku dès leur retour !

Satô trouve un kimono dans ses bagages et le passe avec des gestes lents, pour ménager son dos meurtri. Les membres de son escorte ont mené les chevaux à l'écart de la route et s'occupent de les abreuver et de les nourrir. Ceux qui ont déjà soigné leur monture ont déroulé des nattes de paille de riz et s'y sont étendus, yeux fermés. L'un des hommes ronfle déjà.

Une lanterne, suspendue à une branche d'arbre par l'un des gardes, éclaire la scène. Satô fronce les sourcils. Nul feu de cuisine n'a été allumé. La nuit est complètement tombée. Sachirô devrait déjà être de retour avec le bois pour le feu.

— Nanashi ! appelle Satô à voix basse.

Le petit samouraï, qui venait de dérouler sa natte de paille, lève la tête, alarmé par le ton de son ami.

— Où est Sachirô ? demande Satô sur le même ton.

Aussitôt, Nanashi porte la main à son sabre. Deux gardes, qui n'étaient pas encore endormis, se sont redressés sur leur natte et semblent tendre l'oreille. Satô leur indique de garder le silence, puis se dirige à pas feutrés vers l'endroit où Sachirô s'est enfoncé dans les bois. Le garçon est parti depuis un bon moment. Serait-il tombé sur des espions ennemis ou des brigands ?

Sous le couvert des arbres, l'obscurité est totale. Satô avance de quelques pas. Des feuilles mortes bruissent sous ses sandales. Mis à part le chuchotement des ramures dans le vent et les chevaux qui s'ébrouent de temps à autre, nul bruit ne parvient à ses oreilles. Il connaît son neveu. En cas de problème, il aurait crié ou se serait efforcé de les prévenir. De plus, nul ennemi ne pourrait s'approcher du camp sans casser des branches ou écraser des feuilles mortes. Satô se permet donc de courir un risque.

— Sachirô ! lance-t-il vers les sombres profondeurs du boisé, qui pourraient dissimuler n'importe quel danger.

— Enfin ! J'arrive ! répond aussitôt, sur sa droite, la voix de son neveu.

Dans un vacarme de branchettes brisées et de feuilles malmenées, ponctué de quelques chocs sourds, comme en ferait un marcheur qui percute un arbre, Sachirô surgit près de Satô, les bras chargés de bois sec.

— Dans le noir, je ne retrouvais plus mon chemin ! s'exclame-t-il. Alors j'ai écouté et essayé de me repérer grâce aux sons de vos voix, mais tout le monde s'est tu en même temps !

Probablement au moment où ils se sont mis à s'inquiéter de son absence. Satô ne peut s'empêcher de rire.

— Et tu as simplement attendu, tout seul, dans le noir, que l'un de nous finisse par parler à nouveau ?

Sachirô hoche vigoureusement la tête.

Alors que Satô s'empare d'une partie du chargement de bois rassemblé par son neveu et l'aide à regagner le camp improvisé, une question lui vient aux lèvres sans qu'il se soit attendu à la poser.

— Et tu n'as pas eu peur, perdu ainsi dans le noir ?

— Pourquoi ? répond le garçon d'un ton surpris. La nuit n'a jamais tué personne.

Et Satô, qui ne s'est jamais complètement défait de sa crainte de l'obscurité, se met de nouveau à rire. De fierté, cette fois. Comment ne pas s'émerveiller de découvrir que son neveu, à onze ans, est plus brave que lui ?

15

Dans la petite pièce mise à sa disposition par Matsudaira, Yukié examine d'un œil critique le vêtement d'apparat qu'elle vient de revêtir. C'est un kimono court assorti d'un hakama, comme en portent les hommes, mais ses couleurs, ses motifs et la largeur de ses manches en font une tenue féminine. Ce kimono, celui d'une guerrière, lui a été offert par Yamaki à l'occasion de la naissance de leur fille, Miyuki. La tenue ressemble à celle que Yukié portait, des années plus tôt, lorsqu'elle a croisé Matsudaira pour la première fois. Cependant, son vêtement de jeune fille était vert pâle, avec de très longues manches brodées de délicates fleurs de cerisier roses. Sur cette étoffe claire, ses cheveux dénoués s'étalaient comme un voile de soie noire et brillante.

Le kimono qu'elle porte à présent est d'un vert profond, qui rappelle le feuillage des arbres, et son hakama est si foncé qu'il en paraît presque noir. Des feuilles d'automne rouges, orangées et dorées ont été brodées sur les manches. Les couleurs sombres indiquent clairement qu'il s'agit du vêtement d'une femme mariée.

Et une épouse ne se présente pas en public avec les cheveux dénoués, même si elle se sait plus jolie ainsi. Avec un soupir, Yukié relève sa longue chevelure encore humide du bain et l'enroule en un chignon. Si Matsudaira a gardé un souvenir de leur première rencontre, comme semble l'espérer Takayama, Yukié doit être encore, dans son esprit, une jeune guerrière rebelle et pleine de fraîcheur. Comment le petit Takechiyo, devenu grand, réagira-t-il devant son apparence de respectable épouse-combattante ?

Yukié n'a pas à s'interroger longtemps. Takayama l'attend à l'extérieur de la pièce, vêtu d'un kimono noir portant les insignes de son clan, et tous deux, escortés par un garde, sont rapidement dirigés vers la salle de réception où Matsudaira les attend.

La pièce est vaste, mais le décor est sobre : sol recouvert de tatamis, colonnes de bois foncé, murs de planches plus claires. Il n'y a pas de rouleaux calligraphiés ou de paravents peints pour égayer l'ambiance. Visiblement, les constructeurs de la petite forteresse ont favorisé le côté pratique plutôt que l'esthétisme. Ils ont même omis de munir la salle d'une estrade surélevée pour que le commandant et les dignitaires s'y installent lors des réunions officielles. Matsudaira est donc assis à même les tatamis. Une minuscule table basse est posée devant lui, chargée de bols couverts. À quelques pas de distance, deux autres tables, chargées de la même manière, attendent visiblement Yukié et le seigneur Takayama.

Yukié se laisse tomber sur un genou et exécute un salut guerrier, tandis que Takayama adresse à Matsudaira l'inclinaison du buste qu'il réserve à ses égaux. Tous deux s'avancent ensuite. Le garde qui les accompagnait demeure à l'entrée de la pièce. Parvenus devant les petites tables, Yukié et son seigneur font lentement glisser leurs wakizashis hors de leur ceinture et les déposent près d'eux en s'assoyant. Malgré la taille de la salle et la présence du garde, cette façon d'être tous installés au même niveau, au ras du sol, donne à leur réunion une curieuse ambiance intime, comme s'ils étaient les membres d'une même famille réunis pour un repas.

Le claquement discret des cloisons de papier indique que le garde s'est retiré à l'extérieur de la salle.

— Ah, seigneur Takayama, s'exclame alors le jeune stratège, vous avez eu une excellente idée en amenant votre guerrière avec vous à Marune !

Puis, se tournant vers Yukié, il poursuit :

— Dame Hanaken, je suis ravi de vous revoir.

Yukié s'incline profondément, intimidée par la chaleur du ton de Matsudaira. Est-il possible que le jeune homme la trouve séduisante ? Est-ce pour cette raison que Takayama a insisté pour qu'elle l'accompagne ? La croit-il d'une beauté suffisante pour distraire Matsudaira ?

L'hypothèse lui paraît farfelue : elle n'a jamais eu le physique de ces femmes qui font perdre la tête aux hommes. Et les généraux brillants ne se laissent pas amadouer par un joli minois.

Arrivée à ce point de ses réflexions, elle remarque que le regard du jeune stratège semble s'attarder à sa coiffure et à ses vêtements. Puis Matsudaira tourne son attention vers Takayama.

— Ou devrais-je plutôt dire « Dame Takayama » ? demande-t-il à son aîné.

Takayama secoue la tête avec un mince sourire que Yukié n'arrive pas à déchiffrer.

— Non, seigneur Matsudaira, la Dame Hanaken a choisi de lier son destin à celui du capitaine de mes gardes, Yamaki Eiji.

À ces mots, Matsudaira incline la tête.

— Vous êtes un seigneur admirable, Takayama.

Le seigneur ne répond pas. Yukié réarrange les plis de ses manches pour cacher son malaise. L'échange la trouble. Pourquoi Matsudaira a-t-il adressé ce compliment à Takayama ? S'attendait-il à ce que Takayama lui refuse la permission de se marier ? Certes, elle a officiellement porté le titre de concubine du seigneur pendant quelques années et des gens mal informés auraient pu croire qu'elle entretenait une relation avec Takayama. Cependant, étant donné leur différence d'âge et le fait que Takayama avait déjà un héritier, il lui semble évident que ce titre de concubine servait simplement à justifier sa présence aux côtés du seigneur.

— Et ce Yamaki a beaucoup de chance, ajoute Matsudaira d'un ton léger, sans regarder Yukié.

Cette fois, le propos est clair. Elle ne peut plus se bercer d'illusions : le jeune stratège est séduit par sa personne… ou, à tout le moins, par le souvenir qu'il a gardé d'elle. C'est tout à la fois étrange, grisant et déstabilisant. Il est rare qu'on lui adresse semblable éloge. Elle se sent rougir.

Le jeune stratège découvre les plats posés sur sa table et entame son repas. Yukié l'imite aussitôt. Manger occupe ses mains et, au milieu de cette conversation énigmatique, lui donne une impression d'utilité. Elle a déjà engouffré plusieurs beignets de poisson lorsqu'elle se demande si le clan Imagawa a adopté la coutume voulant que les femmes ne s'alimentent pas en présence des hommes. Aurait-elle dû prétexter une absence d'appétit ?

— Pour ma part, annonce Matsudaira entre deux gorgées de soupe, je suis également doté d'une épouse, à présent. Une dame de haut rang qui m'a donné un fils et qui réside avec lui, sur invitation de mon daimyô Imagawa, dans un palais bien gardé.

Le changement de sujet surprend Yukié, mais pas autant que la révélation du jeune stratège. Ainsi, Imagawa tiendrait sa femme et son fils en otage. Voilà une nouvelle qui jette une ombre sur la mission de Takayama.

— Dans des circonstances pareilles, répond justement Takayama, un homme serait fou de songer à trahir son daimyô.

Yukié s'émerveille de l'habileté du seigneur. Il a saisi l'occasion et oriente à présent la conversation, mine de rien, sur la raison de leur venue.

— En effet, acquiesce le jeune stratège. Surtout si l'ennemi de son daimyô avait bien peu de chance de l'emporter.

En son for intérieur, elle admet qu'il est difficile de réfuter cet argument. La puissance d'Imagawa est écrasante.

— La capacité à remporter une victoire ne vient pas seulement du nombre de samouraïs, dit Takayama. Une bonne connaissance du terrain, une solide stratégie et une supériorité de l'armement et du maniement de ces armes peuvent changer le cours d'une bataille.

— Et, selon vous, seigneur Takayama, le fou d'Owari posséderait cette stratégie et cette supériorité ?

— À tout le moins, il connaît les lieux, car il a grandi dans la province.

La réponse de Takayama, qui a choisi d'ignorer le surnom insultant utilisé pour désigner Nobunaga, est suivie d'un long silence peuplé de cliquetis de baguettes et de bruits de mastication discrète. Au bout d'un moment, le seigneur reprend la parole :

— Dites-moi, seigneur Matsudaira, que feriez-vous si, à la suite d'une bataille perdue, vous trouviez refuge pour la nuit dans un château désert, en compagnie de vos guerriers épuisés, en sachant que l'ennemi est sur vos talons ?

Étonnée, Yukié lance un coup d'œil rapide à son seigneur. Qu'est-ce que c'est que cette histoire ? Elle a entendu Satô parler des questions étranges que Takayama s'amuse à poser, sous l'influence, dit-on, des moines bouddhistes zen, mais elle ne pensait pas qu'il interrompait une conversation d'importance pour se livrer à semblable fantaisie !

À voir l'expression de Matsudaira, elle n'est pas la seule que l'attitude de son seigneur rend perplexe. Le jeune stratège s'est immobilisé en plein mouvement, un beignet de poisson serré entre ses baguettes, à mi-chemin de ses lèvres. Elle doit intervenir et ramener la discussion sur le daimyô Oda et ses chances de remporter la victoire. Peut-être pourrait-elle glisser un mot sur l'usage des arquebuses par les troupes de Nobunaga...

— Ah ! s'exclame brusquement Matsudaira en laissant retomber son beignet de poisson dans son bol. Je sais ce que je ferais !

D'un hochement de tête et d'un sourire, Takayama semble l'encourager à continuer.

— Je laisserais les portes du château ouvertes derrière moi, dit le jeune stratège, j'allumerais toutes les lampes dans les pièces donnant sur la cour, puis je demanderais aux musiciens de ma troupe de guerriers de jouer de la musique. Ainsi, l'ennemi, en arrivant, croirait que le château est très peuplé, tellement qu'on se permet d'y faire la fête sans s'inquiéter. Pendant qu'il hésiterait, dehors, sur la meilleure conduite à adopter, mes hommes dormiraient, avec des boules de soie dans les oreilles pour atténuer le bruit !

La réponse laisse Yukié bouche bée. C'est si effronté... cela pourrait bien marcher ! Qui irait soupçonner qu'un château où se déroule une fête n'héberge, en fait, que des samouraïs épuisés ?

Le seigneur Takayama éclate de rire.

— Bien pensé, seigneur Matsudaira ! Les jeunes hommes ont souvent des solutions audacieuses aux problèmes les plus épineux.

Puis, se penchant vers Matsudaira et baissant la voix, il ajoute :

— Mais votre audace se limite-t-elle à des questions théoriques ?

Le jeune stratège sourit.

— Je ne crois pas, seigneur Takayama. Votre question m'a inspiré une idée qui pourrait profiter au daimyô Oda.

16

Satô, Sachirô, Nanashi et les gardes qui les accompagnent sont encore à bonne distance de la forteresse de Nagoya lorsqu'ils entendent, au loin, des salves d'arquebuses. Pendant un instant, tous les membres de la troupe se crispent. La forteresse serait-elle attaquée ?

Cependant, comme le fracas des tirs de teppôs n'est pas suivi par la clameur habituelle d'une bataille, cris de guerre, chocs métalliques des sabres, sifflements des flèches, Satô se détend et signale aux gardes de ne pas s'alarmer. Seul Nanashi reste dressé sur sa selle, comme un chien de chasse qui aurait senti dans le vent l'odeur d'un cerf, et semble écouter attentivement. Bientôt, les salves d'arquebuses se répètent.

— Pas mal, dit le petit samouraï après quelques salves. Leur rythme de tir est soutenu. Hideyoshi les dirige bien.

Satô devine, au ton de son ami, que celui-ci est rongé par l'impatience de constater de ses yeux la discipline des ashigarus qu'il a entraînés.

— Et si tu partais devant avec les gardes? lui propose-t-il. Je resterai derrière avec Sachirô. J'ai trop mal au dos pour galoper, mais si vous arrivez les premiers, vous pourrez prévenir Nobunaga et il sera prêt à entendre mon rapport dès que j'atteindrai la forteresse.

Le petit samouraï ne se fait pas prier. L'instant d'après, il a poussé sa monture au galop et, suivi des gardes, il se dirige à fond de train vers la forteresse, qui se découpe à l'horizon comme une petite montagne.

— Vous souffrez beaucoup, Père? demande Sachirô dès que le fracas des sabots s'est éloigné.

Son neveu a amené son cheval à côté du sien, profitant de la place laissée libre par Nanashi. Satô lui sourit.

— Non, mais Nanashi ne tenait plus en place. Et puis, je n'avais pas envie de courir dans toute la forteresse pour trouver le seigneur Oda et lui annoncer le résultat de notre mission dans l'odeur des écuries ou au fond des cuisines!

Sachirô rit de bon cœur.

— Ces jours-ci, confie le garçon, il paraît qu'il revêt des vêtements d'ashigarus et qu'il se glisse parmi les arquebusiers durant leurs entraînements. Le père d'un de mes amis l'a reconnu.

La nouvelle ne surprend pas Satô. Nobunaga aime se mêler à ses troupes. Heureusement, avec les années, il a appris à agir avec un peu de discrétion, par souci pour son image et son rang.

— Père, demande Sachirô d'une voix hésitante qui interrompt les réflexions de Satô, pourquoi les samouraïs d'Imagawa ont-ils été aussi brutaux avec nous ?

La question le surprend.

— Parce que nous étions des paysans, Sachirô.

Son neveu ne semble pas saisir la logique de cette réponse, pourtant élémentaire.

— Et alors ? Je ne vous ai jamais vu frapper un paysan. Vous remerciez même les servantes lorsqu'elles vous apportent à dîner.

La remarque amuse Satô. Ainsi, son neveu a noté ce détail ? Il est vrai que la plupart des samouraïs se contentent d'adresser un vague grognement aux serviteurs qui s'acquittent bien de leurs tâches. Les manquements, par contre, sont sévèrement réprimandés.

— C'est vrai, je suis poli et respectueux envers les serviteurs et les paysans. Et j'espère t'avoir enseigné à m'imiter. Cependant, nous sommes des samouraïs et l'ordre du monde nous a placés dans la caste des combattants, au-dessus de la caste des travailleurs. Nous avons le droit de disposer de la vie des paysans, comme nos seigneurs ont le pouvoir de mettre fin à nos propres existences. Si un paysan refusait d'obéir à mes ordres ou s'il était grossier envers moi, je me verrais dans l'obligation de le punir. Peut-être même de lui enlever la vie.

Sachirô écarquille les yeux.

— Le punir ? Le tuer ? Mais pourquoi ?

Satô soupire. Sachirô a grandi dans une forteresse peuplée de plus de guerriers que de serviteurs. Il ne connaît pas la réalité des villages où une poignée de samouraïs doivent s'assurer que des centaines de paysans accomplissent correctement les travaux des champs.

— Parce que c'est le rôle des samouraïs, Sachirô. Nous sommes les guerriers qui défendons les paysans en cas d'attaque, mais nous les protégeons également du chaos qui s'installerait si chacun agissait à sa guise. Imagine ce que le pays deviendrait si les paysans se révoltaient et décidaient de ne plus labourer, de ne pas repiquer le riz, de négliger les récoltes.

L'idée paraît laisser le garçon songeur pendant un moment, puis il revient à la charge.

— Même si le rôle des paysans est de nous servir, les samouraïs d'Imagawa n'avaient pas à nous brutaliser. Nous avons été respectueux et obéissants.

— Ce n'était pas des samouraïs de haut rang, explique patiemment Satô. Ils se donnaient de grands airs, mais leurs grands-parents étaient peut-être des paysans eux-mêmes. Ils ont été violents avec nous parce qu'ils avaient peur que nous ne reconnaissions pas leur autorité. Souvent, les gens les plus durs et cruels sont ceux qui ont le plus peur de perdre leur pouvoir.

Sachirô fronce les sourcils.

— Alors Anjô, la grosse brute qui blesse tout le monde dans les entraînements de combat à mains nues, il aurait peur ?

Le nom évoque à Satô un garçon d'une douzaine d'années, pas particulièrement grand, mais très massif pour son âge.

— Peur, oui, dit-il, de ne plus être le meilleur.

— Il n'est pas le meilleur. Au sabre, même Miyuki le supplante.

— Mais au combat à mains nues, il gagne, non ? C'est sans doute le seul endroit où il est le plus fort. Alors il a peur de perdre. Et pour ne pas affronter sa peur, il vous blesse et vous décourage de le défier.

— C'est stupide ! s'exclame Sachirô. Un jour, plus personne ne voudra s'entraîner avec lui. Il ne pourra plus progresser. Il se pensera le meilleur, mais si un vrai affrontement survient, il perdra.

Satô s'efforce de dissimuler sa fierté. Son neveu pense comme un véritable Hanaken, un futur maître d'armes.

— En effet, la peur isole et pousse à prendre de mauvaises décisions. On ne peut pas toujours éviter d'avoir peur, mais il faut savoir reconnaître ses craintes.

Le garçon acquiesce, puis il renverse la tête en arrière, ferme les yeux et offre son visage aux timides rayons du soleil. Le bruit régulier des sabots de son cheval semble le bercer et Satô se demande si son neveu ne s'est pas endormi sur sa selle lorsque le garçon rouvre les yeux.

— Et les femmes dans tout ça ? dit-il.

Il est difficile pour Satô de garder son sérieux, tant la question est typique d'un garçon de cet âge, qui commence à remarquer la beauté de ses compagnes aux traits fins… ou qui est fatigué d'être tourné en bourrique par sa cousine.

— Les femmes respectent la même hiérarchie, lui dit-il. Les paysannes obéissent aux samouraïs, les femmes samouraïs sont soumises aux seigneurs, les seigneurs écoutent les daimyôs et personne n'ose contredire l'empereur ou le shôgun.

— Mais il n'y a pas de femmes qui portent un titre de seigneur, daimyô ou shôgun, remarque Sachirô.

— Tu as raison. Cependant, il y a eu des impératrices. Et il arrive que les épouses des seigneurs, des daimyôs ou du shôgun soient investies de l'autorité de leur époux si celui-ci est malade durant une longue période ou s'il meurt brusquement.

En considérant cette réponse, Sachirô se tortille sur sa selle. Il ouvre la bouche plusieurs fois et la referme. Satô devine qu'il va bientôt apprendre la raison de son trouble. Finalement, le garçon se décide.

— Les autres garçons disent que les femmes sont soumises à leur époux, que c'est leur place. Que des hommes n'obéiraient jamais à une femme et que c'est pour ça qu'elles ne sont pas des seigneurs en titre, mais seulement des régentes.

Satô éclate de rire. Il devine qu'il a dû être difficile, pour son neveu qui a grandi à portée d'oreilles de sa tante Yukié, d'énoncer pareils propos.

— Les femmes règnent sur l'intérieur des demeures, Sachirô, tandis que les hommes s'occupent des champs ou des batailles. Ils ne sont pas soumis l'un à l'autre, mais doivent travailler ensemble pour s'assurer une vie harmonieuse. Les femmes empruntent le plus souvent le chemin de la douceur et de la soumission pour assurer cette harmonie, mais ce n'est pas ainsi dans toutes les familles. Et certaines femmes samouraïs connaissent suffisamment la guerre pour que les hommes se fient à leur conseil.

— Comme tante Yukié ? demande Sachirô.

Satô hoche la tête. Oui, comme sa sœur. Qui n'est pas toujours en harmonie avec son époux… Peut-être est-ce vrai qu'un monde ordonné devrait passer par la soumission des femmes aux hommes… Mais se priver du talent des guerrières comme Yukié, ce serait une grande perte pour le clan !

— Si toutes les femmes étaient comme elle, nous aurions beaucoup plus de soldats ! dit Sachirô.

Ils arrivent aux abords de la ville entourant la forteresse et doivent désormais chevaucher l'un derrière l'autre dans les rues bondées. Satô laisse donc à Sachirô ses illusions. Comme il côtoie peu de femmes en dehors de sa tante et de sa cousine, il ne peut pas savoir que ce ne sont pas toutes les samouraïs qui désirent devenir des guerrières. L'important est que, en tant que futur maître d'armes, il garde l'esprit ouvert et permette aux femmes qui le veulent de devenir des combattantes accomplies.

Après avoir traversé la ville, Satô atteint les terrains vagues qui cernent les murailles de la forteresse et servent à l'entraînement des troupes. Il repère Nanashi, debout près de son cheval au milieu des compagnies d'ashigarus, et se dirige vers lui.

En arrivant aux côtés de son ami, il voit qu'Hideyoshi lui tient compagnie. Les deux guerriers affichent des mines satisfaites, jusqu'à ce qu'ils constatent sa présence. Leurs expressions deviennent alors soucieuses.

— On ne trouve Nobunaga nulle part, lui annonce Nanashi. On a même envoyé des hommes fouiller les maisons de courtisanes, mais on dirait qu'il a disparu !

— Notre seigneur va sans doute revenir bientôt, modère Hideyoshi. Je l'ai croisé ce matin. Peut-être a-t-il seulement décidé d'aller chevaucher dans les environs pour se détendre.

Satô échange un regard avec Sachirô, soudain persuadé qu'il sait où trouver le daimyô du clan Oda. Toujours juché sur son cheval, il parcourt des yeux les rangs des ashigarus. Trop petit, trop maigre, trop vieux… Un à un, il examine les porteurs d'arquebuse qui se tiennent en position d'attente, leur arme appuyée contre l'épaule. Finalement, au beau milieu d'une rangée, il repère un homme à la carrure familière, dont le kimono est subtilement débraillé, la manche droite pas tout à fait d'aplomb sur l'épaule.

Il fend la troupe d'ashigarus et arrête son cheval en face de l'homme au kimono mal ajusté.

— Mon seigneur, lance-t-il d'une voix forte en mettant pied à terre et en saluant, vous allez être heureux des nouvelles que j'apporte!

Alors que Nobunaga passe de la surprise au rire, les ashigarus qui l'entourent s'empressent de s'agenouiller pour saluer leur seigneur. Satô remarque que l'un des combattants profite de l'occasion pour s'éloigner discrètement, enfoncer son casque sur sa tête et changer de place avec un compagnon. Tiens, tiens, aurait-il, sans reconnaître son interlocuteur, proféré des insultes à l'endroit du daimyô? Si c'est le cas, il doit à présent s'inquiéter des conséquences. Heureusement pour lui, Nobunaga sévit rarement contre ceux qui le malmènent durant ses périodes d'anonymat.

Du coin de l'œil, il voit Nanashi et Hideyoshi se précipiter à ses côtés, tandis que Sachirô, qui est descendu de sa monture et s'est agenouillé, reste sagement à l'écart.

— Quelles nouvelles, Hanaken? demande Nobunaga.

— Vous aviez vu juste. Imagawa n'a pas quarante mille hommes, mon seigneur. Vingt-cinq mille, tout au plus. Trente mille si l'on tient compte de la garnison du fort de Marune.

Cela signifie tout de même que les guerriers du clan Oda se battront à un contre cinq ou un contre six, mais Satô sait que Nobunaga se réjouira d'avoir discerné l'exagération dans les rapports que ses espions lui présentaient. Et ce, peu importe ses chances de remporter une victoire dans un assaut direct.

— Avec une telle force, Imagawa doit se croire invincible, dit Nobunaga.

Satô hausse les épaules.

— Sans doute, mon seigneur. La vanité d'Imagawa est bien connue. De plus, j'ajouterais que son camp était moins bien organisé que celui que j'avais eu la malchance de visiter il y a quelques années.

Si la nouvelle concernant le nombre de combattants ennemis avait fait sourire le daimyô, celle-ci paraît le laisser songeur.

— Une discipline relâchée… Voilà qui augure bien pour nous, je crois… Je me demande ce qu'en pensent les kamis.

Sur ces mots, Nobunaga tire de sa ceinture cinq pièces de monnaie d'or, qu'il manipule à mains nues comme un vulgaire marchand. Il les fait sauter quelques fois dans ses paumes, puis les lance en l'air.

Les pièces retombent, toutes du même côté. Aussitôt, une rumeur parcourt les rangs des ashigarus. C'est un très bon présage. Les kamis sont favorables au clan Oda !

Sans se préoccuper des murmures que les hommes s'échangent autour de lui, Nobunaga s'avance vers Satô. Celui-ci tend aussitôt les rênes de sa monture. De toute façon, il ne pourrait pas chevaucher alors que son seigneur se déplace à pied. Le seigneur Oda se hisse souplement en selle, puis s'adresse aux hommes présents d'une voix qui porte loin.

— Imagawa veut se rendre à la cité impériale et il ne peut le faire que par la route du Tôkaidô, dit Nobunaga. Celle-ci passe non loin du temple fortifié de Zenshôji. C'est là que nous allons rassembler notre armée en prévision de notre attaque.

Le daimyô baisse un peu le ton et s'adresse directement à Satô, Nanashi et Hideyoshi.

— Envoyez des messagers aux capitaines des forts. Ils doivent garder un minimum de combattants avec eux et envoyer le reste au temple. Prévenez Yamaki, les généraux et les seigneurs. Dès ce soir, nous marchons vers Zenshôji.

Nobunaga fait mine de se diriger vers la forteresse, puis il se ravise.

— Oh, un cavalier rapide doit partir à la rencontre du seigneur Takayama et de la Dame Hanaken pour qu'ils sachent où nous joindre. Et demandez à des archers de tirer à vue sur tous les pigeons qui quitteront la forteresse. Imagawa a des espions partout.

Satô hoche la tête, heureux de savoir que sa sœur et son seigneur ne seront pas forcés de se rendre en vain jusqu'à Nagoya. De plus, la précaution au sujet des pigeons est bien pensée. De nombreux espions utilisent ces volatiles pour envoyer des messages.

Il regarde le seigneur du clan Oda s'éloigner au trot vers les portes de la forteresse, fendant la foule d'ashigarus qui s'inclinent respectueusement sur son passage. Les arquebusiers sont des fils de paysans ou des samouraïs de bas rang. Ils sont très impressionnés par ce daimyô qui possède le pouvoir d'apparaître parmi eux et qui est favorisé par les kamis.

Satô espère que cela n'amoindrirait pas trop leur loyauté s'ils découvraient que leur seigneur utilise des pièces truquées, lestées afin qu'elles retombent selon ses désirs.

17

C'est sous une pluie battante que Yukié et le seigneur Takayama ont quitté le fort de Marune. Le déluge a rendu la chevauchée inconfortable, mais il leur a donné une bonne raison de ne pas déployer de nouveau leur bannière désuète. La pluie s'est arrêtée en fin de journée, mais la nuit sous la tente, chargée d'humidité, a été pénible pour toute la petite troupe.

Durant la matinée du second jour, un cavalier solitaire les a rattrapés et leur a signalé que Nobunaga et son armée avaient quitté Nagoya pour se rendre au temple de Zenshôji. Ils ont donc bifurqué pour rejoindre le daimyô.

Yukié n'avait jamais vu le temple auparavant. Elle avait seulement entendu parler de ces lieux fortifiés, dont les hautes palissades sont percées de portiques rouges. Ces endroits sont protégés par des moines combattants qui sont en train de devenir des figures légendaires, alors qu'ils ne sont, pour la plupart, que de simples *rônins*, des samouraïs déshonorés, chassés par leur maître ou trop lâches pour se faire seppuku. Tandis que, à travers le pays, les daimyôs guerroient en vue de s'approprier le pouvoir, les temples se fortifient et, sous prétexte d'assurer la gloire du kami Bouddha, regroupent autour d'eux des prêtres, paysans, marchands et combattants, jusqu'à former des fiefs indépendants, avec leurs propres champs cultivés. Les temples prétendent assurer la sécurité des routes et louent des escortes aux voyageurs. Plusieurs, comme le Zenshôji, abritent une vaste hôtellerie.

C'est ce bâtiment, conçu pour les troupes armées de passage, que Nobunaga a choisi comme quartier général et point de ralliement en vue de la bataille prochaine.

Souvent, Yukié a entendu Nobunaga se plaindre des temples fortifiés, mais elle sait que le daimyô Oda s'efforce d'entretenir de bonnes relations avec eux. Son armée est trop faible, il doit traiter avec les moines, respecter leur indépendance et s'efforcer de gagner leur appui, comme il le ferait avec des seigneurs voisins à la loyauté incertaine. Elle devine que la situation doit rendre Nobunaga furieux. Les moines ne sont pas samouraïs. Ils devraient se plier à son autorité sans la questionner. Un jour, elle en est persuadée, les moines se repentiront de leur indépendance.

En attendant, Nobunaga profite de la bataille prochaine pour justifier une démonstration de force. Les troupes qui se regroupent peu à peu dans l'hôtellerie et dans l'enceinte du temple sont nombreuses, très disciplinées, beaucoup plus impressionnantes que la poignée de combattants que le temple pourrait aligner s'il lui venait l'idée de se rebeller ouvertement contre les Oda. La manœuvre est habile. Si Nobunaga remporte l'affrontement contre Imagawa, les habitants du Zenshôji se souviendront de sa puissance. Et si jamais il devait perdre, il est fort probable qu'Imagawa déciderait de s'en prendre au temple qui a offert un refuge à son rival.

Des stratégies qui cachent d'autres plans, des allusions discrètes, des paroles à peine prononcées… Par moments, Yukié ne supporte plus toutes ces subtilités. Que les seigneurs et les daimyôs se dépêtrent dans leurs intrigues. Son père, jadis, a voulu jouer leur jeu et il y a perdu la vie. Pour sa part, son cœur de samouraï a soif du jugement clair de la bataille.

Peut-être Takayama a-t-il senti son état d'esprit, plus tôt dans la journée, lorsqu'il lui a proposé d'aller, seul, rapporter à Nobunaga les résultats de leur mission. Ou peut-être espérait-il que, advenant la colère de Nobunaga, son absence la protégerait d'un ordre de seppuku ? Peu importe, au fond. Elle a accompli au mieux sa mission. Elle a gagné le droit de se reposer.

À présent, assise au bord d'une large galerie de bois sombre, elle admire le jardin de pierres et de gravier qui occupe l'une des cours intérieures de l'hôtellerie. Un râteau habile a tracé dans le gravier des sillons qui rappellent des vagues et qui paraissent se briser contre les grandes pierres usées par le vent et la pluie. Elle espère que si le daimyô Oda s'en prend un jour à ce temple, il saura le désarmer sans détruire le savoir qui a mené à la mise en place de ce jardin. Il est si serein.

Elle reconnaît le rythme des pas de son époux avant de le voir. Lorsqu'il s'assoit à ses côtés, en un mouvement souple ponctué du craquement caractéristique de son genou droit, elle ne tourne pas la tête vers lui. Elle ne sait pas s'il est heureux de la voir de retour ou amer d'avoir dû la laisser partir. Elle n'a pas envie de le découvrir. Elle voudrait simplement passer un moment à ses côtés, observer avec lui ce jardin où rien ne pousse, rien ne meurt. Oublier leur vie, leurs querelles, l'appréhension de la bataille à venir, oublier même leur bonheur et leurs enfants. Elle voudrait, pour un instant, exister à ses côtés, savourer l'immobilité.

Yamaki semble avoir compris son désir. Peut-être le partage-t-il ? Pendant un long moment, il reste silencieux. Yukié sent que le regard de son époux n'est pas dirigé vers elle, mais vers le jardin immuable.

Puis doucement, Yamaki amorce un geste. Elle entend le froissement de sa manche de kimono. Il tend un bras vers elle, trouve sa main et la serre dans la sienne.

— Les hommes qui vous ont accompagnés, le seigneur et toi, dit-il doucement, ont discuté avec ceux du fort de Marune. Ils racontent que, depuis ses huit ans, le seigneur Matsudaira a appris par cœur toutes les pièces de théâtre mettant en scène la guerrière Tomoé Gozen. Et qu'il s'est juré, un jour, d'avoir une concubine capable d'aller à la guerre à ses côtés.

Les propos surprennent Yukié. Le petit Takechiyô peut-il vraiment avoir été aussi marqué par leur brève rencontre ? Et pourquoi son époux lui rapporte-t-il ces détails ? Il n'est pas dans sa nature de parler autant ni de colporter des rumeurs. Pourtant, Yamaki n'a pas fini son discours.

— J'ai eu la chance d'épouser une guerrière, dit Yamaki.

La déclaration la chamboule et l'étourdit. La chance, vraiment ? Elle hésite. Yamaki semble désirer l'harmonie, pourquoi gâcher ce moment ? Elle pourrait se taire, accepter ses propos… Mais non, l'heure n'est plus à la dissimulation.

— Et tu le regrettes, n'est-ce pas ? murmure-t-elle.

— Non !

La réponse claque. Elle tourne la tête vers son époux. Il la regarde, l'air choqué.

— Pourtant, tu m'as encouragée à être une bonne maîtresse de maison, dit-elle. Tu m'as rappelé sans cesse les devoirs d'une bonne épouse…

Sur les traits de Yamaki, le choc est remplacé par la confusion. Puis son époux secoue la tête, l'air accablé par les regrets.

— Quand tu es devenue mère, tu t'es mise à agir de façon si différente… J'ai cru que c'était ce que tu voulais. J'ai essayé de t'aider…

Elle se rappelle les pleurs de Miyuki, son désir d'apprendre à combler les besoins de sa fille pour l'entendre rire. Et les sourires de Yamaki lorsqu'elle y parvenait. Lorsqu'elle était une bonne mère, une épouse dévouée. Ou peut-être… Peut-être se réjouissait-il simplement lui aussi des éclats de joie de leur fille ?

— Je voulais être parfaite, pour toi et nos enfants, murmure-t-elle. Mais je n'ai pas su créer le bonheur et l'harmonie dans notre foyer.

En temps normal, Yukié battrait furieusement des cils pour chasser les larmes qui ont envahi ses yeux, mais cette fois-ci, elle les laisse couler. Et elle voit que les yeux de Yamaki, fixés sur elle, sont deux lacs noirs sur le point de déborder.

— Comment voulais-tu que je sois heureux si toi tu ne l'étais pas, mon Hanaken ?

Le nom de sa famille, dans la bouche de son époux, reprend sa signification première, « fleur de sabre », et se charge d'affection. Elle n'est qu'une plante fragile qui a poussé autour d'un sabre. Si on lui retire l'arme qui lui sert de soutien, elle s'effondre.

— Je ne savais pas comment te le dire… Je ne voulais pas que nous nous querellions.

Un sourire plisse les yeux de Yamaki, délogeant une larme qui dévale sa joue.

— Mais, Yukié, nous nous sommes toujours querellés ! Et ces derniers temps, tu prenais des décisions sans me consulter et lorsque je tentais de t'en parler, je ne savais pas comment aborder le sujet. J'avais l'impression d'essayer de retirer des charbons du feu sans me brûler.

Son premier réflexe est de croire que son époux raconte n'importe quoi pour se donner bonne conscience, mais en repensant à leurs récentes prises de bec, elle doit admettre qu'elle ne lui a donné aucune chance. Elle a cru pendant si longtemps qu'elle le décevait…

Elle incline la tête pour cacher ses larmes. Elle s'est trompée. Voilà des années qu'elle néglige ses désirs afin de se conformer à un idéal que personne n'attendait d'elle. Elle était déjà une samouraï accomplie sur les champs de bataille, pourquoi a-t-elle voulu devenir aussi parfaite au sein de sa demeure ? Par orgueil ?

Un regret amer l'envahit. Elle aurait dû, avant de quitter sa demeure quelques jours plus tôt, prendre le temps de câliner ses enfants. Yamaki les a encouragés à lui prodiguer une brève embrassade, ce qu'aucun autre père samouraï n'aurait fait, cependant cela ne lui suffit pas. Les autres mères n'étreignent pas longuement leurs enfants, mais après tout, elles ne partent pas non plus pour la guerre.

Les bras de Yamaki l'encerclent. Doucement, il la serre contre lui, la berce.

Elle ne sait pas combien de temps ils restent ainsi, enlacés. Le bruit des pas d'un groupe de samouraïs leur rappelle qu'ils ne sont pas dans l'intimité de leur chambre. Et qu'il y a des gestes qu'un couple, même marié, même à la veille d'une bataille, ne pose pas en public.

Ils se séparent et, juste avant l'apparition des samouraïs sur la galerie d'en face, reprennent des positions dignes, assis l'un près de l'autre sur la galerie, les yeux fixés sur le jardin de pierrailles.

— Quel a été le résultat de vos démarches auprès de Matsudaira? lui demande Yamaki pour meubler la conversation, comme si rien ne s'était produit entre eux.

Yukié hausse les épaules.

— Mitigé. Il ne nous aidera pas, car Imagawa tient sa femme et son fils en otage. Cependant, il a accepté de ne pas intervenir dans une bataille qui opposerait Nobunaga et Imagawa. Ses hommes demeureront au fort de Marune, sous prétexte de consolider leur position. Cela représente une troupe de cinq mille hommes.

— Selon les chiffres rapportés par Satô, c'est donc un sixième de l'armée d'Imagawa qui ne participera pas à un éventuel affrontement.

Ce n'est pas suffisant. Leurs ennemis sont si nombreux!

— C'est bien, dit Yukié même si elle n'en pense rien.

Si Nobunaga lance l'assaut malgré son infériorité numérique écrasante, ils auront à tout le moins une mort glorieuse.

Yamaki ne dit rien. Yukié laisse donc son regard se perdre dans les spirales dessinées dans le gravier du jardin. Ce sont les prêtres zen qui ont, paraît-il, popularisé les jardins de pierres. Elle comprend à présent pourquoi Takayama s'est autant intéressé à cette branche du culte du kami Bouddha. Les inventions du zen, qu'il s'agisse d'énigmes ou de jardins, calment l'esprit sans l'endormir.

— Nanashi est resté à Nagoya, murmure Yamaki. En cas de défaite, tout est prêt pour que Sachirô, Miyuki, Eijirô et Fuu soient amenés dans notre village, dans les montagnes, par des chemins détournés.

Yukié a l'impression qu'un fardeau invisible, qu'elle n'avait pas conscience de porter, vient de lui être retiré. Peu importe l'issue des prochains jours, ses enfants vivront.

Elle est prête à donner sa vie pour son clan, son seigneur et son daimyô. Cependant, elle découvre qu'elle n'est pas préparée à sacrifier ses enfants. Cela la fait sourire. Refuser de sacrifier ses enfants la range sans doute parmi les mauvaises samouraïs… Mais parmi les mères parfaitement ordinaires. Pour une fois.

Yamaki se lève et lui tend la main pour l'aider à l'imiter.

— Le soir tombe, dit-il, allons manger, puis dormir.

En souriant, elle accepte l'aide de son époux, même si elle n'en a nul besoin.

18

Satô a l'impression que, depuis que l'armée Oda s'est rassemblée dans le temple, il passe ses journées en conseil de guerre avec Nobunaga et les autres conseillers. Et à chaque réunion, l'humeur des participants semble devenir de plus en plus sombre. Il faut dire que la salle d'audience mise à leur disposition par les moines, toute de bois noir patiné par la fumée des encensoirs qui y ont brûlé pendant des décennies, n'aide pas à alléger l'ambiance.

Lui-même commence à s'impatienter des tergiversations de Mitsu, à trouver ridicules les moustaches du seigneur Katsui et à ne plus supporter les manières rudes de Hideyoshi. Il n'arrive même pas à trouver touchante la réconciliation évidente de Yamaki et de Yukié. Il aimerait que le seigneur Takayama trouve une solution à leur épineuse situation. Ou que le daimyô leur confie sa stratégie. Car s'il a rassemblé son armée malgré une infériorité numérique aussi écrasante, il doit avoir un plan.

En bon maître d'armes, Satô se rend compte que c'est la nervosité, la tension précédant la bataille, qui affecte ainsi son humeur. Cependant, chaque heure qui passe lui donne l'impression de perdre davantage le contrôle. Si Nobunaga a un plan, qu'il l'expose et qu'on s'y prépare. Et s'il n'en a pas, alors pourquoi ne pas rallier les troupes et charger l'ennemi une fois pour toutes ? Il ne sert à rien de repousser une défaite inévitable. Vaut mieux la violence brutale du combat que l'usure de cette interminable attente.

Il en est à ce point de ses réflexions lorsque le seigneur Katsui prend la parole. Et il découvre que Katsui, devant la perspective d'une défaite assurée, souhaite adopter une tout autre attitude.

— Mon seigneur Oda, dit Katsui, peut-être serait-il temps d'envisager une reddition. Le daimyô Imagawa nous considère comme un obstacle dans sa marche vers la capitale et le titre de shôgun. Si notre armée tout entière déposait les armes en grande cérémonie et vous offriez à Imagawa des preuves de votre bonne volonté, nous pourrions nous allier à sa puissance au lieu de risquer l'extermination.

Se rendre ? Satô sent une vague de dégoût le submerger. Un vrai samouraï ne se rend pas. Il peut se retirer d'une bataille pour mieux revenir à l'assaut, mais il défend toujours sa vie, sabre à la main, jusqu'à la fin. À moins que son seigneur n'ordonne le contraire.

Satô croise les yeux de sa sœur. Yukié semble aussi révoltée que lui par la proposition de Katsui. Il devine qu'elle partage également la crainte qui vient de l'envahir. Pourvu que Nobunaga ne se rende pas à la suggestion de Katsui. Pourvu qu'il ne les force pas à ternir leur honneur dans la reddition. Ce serait inutile, car en tant que conseillers de Takayama et de Nobunaga, on ne les laisserait pas vivre. Et le seppuku n'est pas une perspective qu'il aime envisager. S'il faut mourir, que ce soit en combattant !

— Eeeh ! Vous n'êtes pas sérieux, seigneur Katsui ? s'exclame Mitsu. Si nous écoutons votre suggestion, peut-être que vous et vos samouraïs aurez droit à la grâce d'Imagawa, mais mon neveu et moi n'aurons pas cette chance. Une reddition signifierait la fin du clan Oda. Et le clan Takayama, qui a déjà échappé de justesse au courroux d'Imagawa, ne survivrait pas non plus. Non, mieux vaut se retrancher ici, dans le temple, et offrir une dernière résistance. Si celle-ci est assez forte, Imagawa pourrait décider de nous contourner au lieu de s'acharner.

Se replier à l'intérieur du temple, comme une tortue qui rentre la tête et les pattes en espérant que sa carapace résistera aux assauts. L'idée ne plaît pas beaucoup à Satô, mais ce serait toujours mieux qu'une reddition honteuse. Toutefois, même si Imagawa se lassait du siège et poursuivait son chemin vers la cité impériale, quel espoir leur resterait-il ? Une fois dans la capitale, le daimyô se ferait proclamer shôgun. Une fois investi de cette autorité, directement issue du divin empereur, il pourrait se contenter d'ordonner le seppuku de ses ennemis, Nobunaga et Takayama en tête de liste. Même si l'un d'eux bravait la colère des kamis et refusait l'ordre, tous ses voisins, ses alliés, ses ennemis et même ses vassaux pourraient décider en toute impunité de s'en prendre à lui et, en l'assassinant, d'accomplir le souhait de l'empereur.

Les paroles de Mitsu sont suivies d'un long silence. Peu à peu, tous les yeux se tournent vers Nobunaga.

Celui-ci sirote une coupe de saké, le regard vague. Satô se demande s'il a entendu les interventions de ses conseillers ou s'il est tellement plongé dans ses réflexions que l'agitation autour de lui ne l'atteint plus. Brusquement, le daimyô renverse la tête en arrière pour avaler les dernières gouttes d'alcool, puis dépose sa coupe avec bruit.

— Nous avons cru qu'Imagawa avait une armée de quarante mille hommes marchant vers nous, dit Nobunaga. Satô nous a rassurés. Ils ne sont que vingt-cinq mille. C'est encore trop, je sais. Alors Katsui nous propose la reddition.

À ces mots, le daimyô Oda tourne brusquement la tête vers le seigneur moustachu.

— Dites-moi, seigneur Katsui, si vous étiez à ma place, seriez-vous heureux de perdre votre vie de cette façon ?

Sous le poids du regard de Nobunaga, Satô voit Katsui baisser la tête. Il devient aussitôt évident, pour tous les conseillers, que Katsui a proposé cette solution en sachant que sa propre existence serait préservée.

Nobunaga ne s'arrête pas là et tourne son attention vers son oncle.

— Et qu'arrivera-t-il si nous essayons de fermer les portes du temple et de le défendre, comme Mitsu le propose, jusqu'à ce qu'Imagawa perde l'envie de nous assiéger ? Nous allons gagner quelques jours. Mais la province que nous ne pouvons pas protéger aujourd'hui, nous ne pourrons pas davantage la protéger demain.

Avec un soupir, Mitsu baisse la tête. Satô croit deviner ce que Nobunaga s'apprête à annoncer.

— Nous sommes acculés à une falaise, dit le daimyô. Les solutions qui s'offrent à nous sont désespérées, mais intéressantes. Si nous choisissons bien, nous pouvons devenir des légendes.

Lentement, Nobunaga dévisage ses conseillers un à un. Il termine avec Satô, qui soutient le regard de son daimyô. Le seigneur Oda est fou, dévoré par l'ambition, mais c'est une folie qui pourrait les mener à la gloire. Peu importent les forces en présence, l'issue d'une bataille n'est jamais connue d'avance. L'assurance de Nobunaga est telle qu'il sent l'espoir renaître en lui.

— Voulez-vous vraiment passer votre vie à prier pour la longévité ? lance Nobunaga à la ronde. Nous sommes des samouraïs. Nous sommes nés pour mourir. Que ceux qui l'admettent soient prêts à se battre demain matin. Les lâches peuvent rester derrière et contempler notre victoire !

— Gloire aux Oda ! s'écrie Satô, emporté par le discours du daimyô.

L'exclamation lui a échappé. Mais il entend bientôt les voix de Yamaki, de Yukié et de Takayama lui faire écho.

Leur élan est cependant interrompu par des coups frappés contre l'une des cloisons.

— Un messager de la plus haute importance pour le seigneur Takayama ! annonce l'un des gardes postés à l'extérieur de la pièce.

Satô remarque que Takayama fronce les sourcils, avant de s'incliner vers Nobunaga.

— Pardonnez-moi, mon seigneur. Je n'attends pas de message et je n'aurais certes pas donné l'ordre qu'on interrompe notre réunion.

Nobunaga semble troublé un instant, puis il hausse les épaules.

— Personne ne se risquerait à nous déranger sans motif sérieux. Faites entrer.

L'ordre de Nobunaga est relayé et la cloison s'ouvre pour révéler un messager agenouillé. L'homme est coiffé d'un chapeau de fer comme en portent ceux qui ne veulent pas supporter le poids d'un casque toute la journée. Sur un kimono de coton ordinaire et un hakama poussiéreux, il a passé une veste haori brodée de l'emblème du clan Takayama. Or, Satô n'a jamais vu de messager ainsi accoutré. Le seigneur Takayama n'a pas les moyens d'offrir des uniformes à ses samouraïs. Les guerriers ajoutent parfois l'emblème du seigneur sur leur armure ou leur bannière personnelle, mais il s'agit d'initiatives individuelles.

Le messager, tête baissée, s'avance dans la pièce en demeurant agenouillé. Tandis que la cloison se referme derrière le nouveau venu, Satô glisse la main vers son wakizashi. Les histoires d'assassins déguisés en messagers ne manquent pas. Du coin de l'œil, il remarque que Yamaki et Yukié ont eu le même réflexe. Sa sœur s'est même rapprochée subtilement de Nobunaga. C'est une bonne idée. Si le messager est un assassin envoyé par Imagawa, sa cible est sûrement le daimyô.

Personne ne bouge dans la pièce. Tous les yeux sont fixés sur le nouveau venu. Satô a l'impression d'être tendu comme la corde d'un arc. Au moindre mouvement brusque…

À peine a-t-il eu cette pensée que le messager rejette violemment la tête en arrière. Aussitôt, Satô bondit en dégainant son wakizashi. Mais une exclamation étranglée de Yukié l'arrête en plein élan.

— Takechiyo !

La voix de Yukié semble figer sur place tous les conseillers de Nobunaga. Les mains du messager sont toujours posées sur ses genoux. Son mouvement de tête n'a servi qu'à faire glisser son chapeau en arrière afin de dégager ses traits. Le visage ainsi exposé est celui d'un jeune homme souriant aux joues rondes et à la moustache clairsemée.

— Dame Hanaken, répond le jeune homme en s'inclinant.

Satô est confus. Takechiyo ? Il ne peut tout de même pas s'agir du seigneur Matsudaira Takechiyo que sa sœur et Takayama ont visité, au péril de leur vie, quelques jours plus tôt ? Pourtant l'éclair d'admiration qui se mêle à la surprise dans les yeux de Yukié semble signifier que…

— Seigneur Matsudaira, salue Takayama qui semble à peine étonné par l'apparition du jeune homme, mon emblème vous va bien.

— Merci, seigneur Takayama, répond Matsudaira. Vous aviez oublié votre veste chez moi. J'ai cru que le devoir d'un hôte exemplaire était de vous la rapporter.

Satô écarquille les yeux devant l'aplomb et l'effronterie du jeune samouraï. Il ne s'est quand même pas lancé sur les routes, seul, uniquement protégé par l'emblème de Takayama, pour se glisser ensuite dans leur camp et déranger un conseil de guerre afin de rapporter un bout de tissu ? Autour de lui, Mitsu, Katsui et Yamaki échangent des regards ébahis, tandis que Nobunaga reste de marbre.

— J'ai aussi cru, ajoute Matsudaira sur un ton léger, que l'honoré seigneur Oda serait intéressé d'apprendre que, à la suite de la prise aisée de tous les forts frontaliers de la province, le daimyô Imagawa a décidé que demain serait un jour de célébration pour son armée. Il a déplacé son camp et s'est installé, en secret, dans le défilé de Dengakuhazama. Il m'a convié à la fête, mais malheureusement une toux persistante m'a forcé à m'aliter.

Un sourire apparaît sur les lèvres de Nobunaga et son éclat semble éclairer la pièce. Satô comprend enfin. Matsudaira a décidé de jouer les espions pour le compte des Oda. Il faut qu'Imagawa soit un bien mauvais seigneur pour que ce jeune stratège décide de le trahir ainsi, alors que Nobunaga a si peu de chance de le vaincre.

— Vos ennuis de santé me désolent, répond Nobunaga. Peut-être que si vous assistez avec moi, ce soir, à une pièce de théâtre, vous vous sentirez mieux ensuite ?

Matsudaira s'incline.

— Je vous remercie de votre invitation. Je suis sûr qu'elle sera bénéfique pour ma santé future et m'assurera de pouvoir chevaucher auprès de vous demain. En toute discrétion, bien sûr, car si mes médecins apprenaient que j'ai quitté mon lit…

— Bien sûr, approuve Nobunaga. Et si vous êtes suffisamment rétabli, notre chevauchée pourra nous mener jusqu'à la fête organisée par Imagawa. Une célébration qui rassemble une armée dans une gorge étroite, bordée par une forêt dense, ce serait dommage de manquer cela.

En voyant l'expression presque gourmande de son daimyô, Satô, avec un instant de retard, se rend compte qu'Imagawa, en rassemblant ses troupes dans la vallée étroite de Dengakuhazama, vient de commettre une grossière erreur. En terrain découvert, la taille de son armée lui donnait un avantage en raison des manœuvres d'encerclement et des charges coordonnées qu'il pouvait effectuer. Cependant, une fois ses guerriers entassés dans un espace étroit, avec des falaises sur leurs flancs, leur nombre n'a plus d'importance. Si Nobunaga attaque par surprise, fait pleuvoir sur eux des flèches et les prend en tenaille, les troupes d'Imagawa mourront comme des lapins dans leur terrier.

Tout en continuant à échanger des propos d'apparence banale avec le jeune seigneur Matsudaira, Nobunaga signale à ses conseillers qu'ils sont libres de se retirer.

Étourdi, Satô est l'un des premiers à quitter la salle d'audience. Jusqu'à ce jour, il n'a jamais cru que les kamis favorisaient Nobunaga. Toutefois, l'apparition inattendue de Matsudaira et, surtout, l'erreur stratégique d'Imagawa, l'amènent à douter. Cela pourrait être un piège, mais…

Mais il était déjà prêt à sacrifier sa vie dans une glorieuse défaite. L'espoir de la victoire est d'autant plus grisant qu'il était inespéré.

19

Dès la fin de l'après-midi, les samouraïs se sont rassemblés en nombre dans la cour du temple pour assister à la pièce de théâtre annoncée par Nobunaga. Ils ont étalé des nattes de paille sur le sol poussiéreux et regardé les acteurs monter la scène de bois poli, puis suspendre le rideau qui sert à la fois de décor et de coulisse. Pour la première fois depuis le début du printemps, la journée a été chaude, aussi étouffante qu'une canicule d'été. Des flacons de saké, rafraîchis dans la rivière voisine, font donc leur apparition et passent de main en main. Les esprits s'allègent, les langues se délient.

Yukié, vêtue d'un kimono écru et d'un hakama noir comme en portent les hommes, s'est mêlée aux guerriers, curieuse. Voilà des années qu'elle n'a pas vu de comédiens professionnels à l'œuvre. Cette troupe, a-t-elle entendu raconter, est composée d'hommes avec lesquels Nobunaga traînait dans les maisons de courtisanes de Nagoya, au temps de sa jeunesse dissipée. Depuis qu'il est devenu daimyô du clan Oda, il n'a pas oublié ses anciens compagnons. Ces acteurs sont les plus choyés de la province. Généreusement payés par Nobunaga, ils sont souvent invités à l'accompagner dans ses déplacements, afin d'animer les longues soirées d'attente et de soutenir le moral des troupes.

Elle se demande en quoi le théâtre classique qu'affectionne Nobunaga, avec ses histoires graves et solennelles, parviendra à remonter le moral de guerriers rendus nerveux par l'imminence du combat. Cependant, Père disait jadis qu'il est bon, à la veille d'une bataille, de savourer les plaisirs de la vie, mais également de profiter de divertissements raffinés afin de réjouir, peut-être pour une dernière fois, à la fois le corps et l'esprit.

Alors que le soleil baisse à l'horizon, les cuisiniers de l'armée commencent à circuler dans la foule, distribuant des gâteaux de riz grillés, des brochettes de viande marinée et d'autres flacons de saké. Autour de la scène, une myriade de lanternes sont allumées.

Près d'elle, un vieux samouraï désigne les nuages qui accompagnent le soleil dans sa descente.

— Voyez, dit-il aux jeunes gens qui l'entourent, quand il fait lourd comme aujourd'hui et que le soleil semble s'envelopper d'un kimono rouge avant de se coucher, cela signifie qu'il y aura de la pluie le lendemain. Mais s'il n'y a pas encore de nuages noirs dans les montagnes qui font face au soleil, cette pluie se fera attendre jusqu'en fin de journée et ce sera un orage.

Les jeunes guerriers hochent la tête, attentifs. Yukié ne peut réprimer un sourire attendri. Le vieil homme au visage parcheminé lui rappelle Saburo. Combien de fois a-t-elle assisté à de semblables leçons, qu'il dispensait à un auditoire de gardes débutants? Si souvent qu'elle n'arrive plus à les compter! Elle se souvient uniquement de l'utilité de ses conseils. Personne ne connaissait aussi bien que lui le relief et le climat du fief. Et s'il prévoyait de la neige en plein milieu de l'été, même le seigneur enveloppait ses pieds d'étoffe et préparait ses kimonos doublés.

Au fond de la cour, un peu à l'écart des samouraïs, Yukié remarque quelques groupes d'ashigarus, reconnaissables à leurs arquebuses et à leurs pantalons de paysan aux jambes étroites. Elle grimace en les regardant. Ces hommes ne sont pas de mauvais combattants. Ils risquent leur vie à chaque bataille, tout comme les samouraïs, et les maîtres d'armes du clan Oda leur ont enseigné la discipline. Cependant, les teppôs qu'ils manient sont des armes dangereuses. Il faut plusieurs années d'entraînement pour apprendre à bander un arc et à tirer des flèches avec force et précision. Par contre, il suffit de quelques minutes pour comprendre l'utilisation d'une arquebuse et même une balle perdue, égarée loin de sa cible, peut traverser une armure de samouraï. Elle espère que les ashigarus du clan sont désormais assez habiles pour que leurs balles atteignent uniquement leurs ennemis.

En voyant des têtes se tourner vers l'hôtellerie du temple, elle devine que Nobunaga et ses conseillers viennent d'apparaître et se dirigent vers la scène. La représentation va bientôt commencer. Elle se glisse donc entre les groupes de samouraïs et gagne les premiers rangs de la foule. Là, des coussins ont été posés sur les nattes de paille. Elle attend de voir apparaître Yamaki et Satô afin de s'asseoir près d'eux. Son époux l'accueille avec un sourire qui lui réchauffe le cœur. Son frère a une drôle d'allure avec son crâne rasé, mais elle sait que personne n'osera se moquer de la nouvelle coiffure du maître d'armes favori du daimyô. Nobunaga s'installe plus loin, à la place d'honneur, en plein centre du premier rang.

Pendant un instant, Yukié est surprise de ne pas apercevoir Matsudaira aux côtés du daimyô, mais elle comprend rapidement que le jeune stratège se doit de demeurer discret. Sa présence et, surtout, les renseignements privilégiés qu'il a confiés à Nobunaga provoqueraient l'enthousiasme des guerriers de leur clan, toutefois ces nouvelles pourraient également atteindre les oreilles d'un espion d'Imagawa. Non seulement cela compromettrait leurs plans pour le lendemain, mais la femme et le fils de Matsudaira paieraient le prix de sa trahison.

Des cuisiniers et des serviteurs distribuent aux samouraïs de haut rang des boîtes de bois laquées et des flacons de saké frais. Yukié, assoiffée par les heures passées au soleil à contempler les préparatifs des acteurs, s'empresse de porter le flacon à ses lèvres. L'alcool est d'abord frais sur sa langue, désaltérant, mais il descend en lui brûlant la gorge.

Un mouvement à ses côtés attire son attention. Satô, qui se tenait sur sa droite, vient de se décaler d'une place afin de laisser un samouraï s'installer entre eux. Elle fronce les sourcils, puis elle reconnaît les joues lisses et rebondies de Matsudaira. Nobunaga s'est arrangé pour que son invité inattendu se baigne et enfile des vêtements propres. Le kimono écru et le hakama noir qu'il a revêtus sont identiques à ceux de Yukié et d'une simplicité qui permet à Matsudaira de ne pas attirer l'attention. Par contre, ils lui donnent l'air très jeune.

À cette pensée, Yukié sourit. Matsudaira a l'âge que Nobunaga avait lorsqu'il est devenu le chef du clan Oda. Satô était plus jeune lorsqu'il a reçu son titre de maître d'armes. Elle a des pensées de vieille femme aujourd'hui. Sans doute causées par l'imminence de la bataille.

Pourquoi Matsudaira s'est-il installé entre elle et son frère ? Elle espère qu'il ne lui tiendra pas de propos inconvenants, car elle ne sait pas comment Yamaki réagirait. Se sentirait-il flatté d'entendre un homme si jeune complimenter son épouse ? Ou cela le mettrait-il en colère ?

Choisissant la prudence, elle décide de ne pas adresser la parole en premier à Matsudaira. Cependant, comme il n'a rien à boire, elle lui tend son flacon de saké. Il le prend, la remercie avec tant de chaleur qu'elle sent la rougeur lui monter aux joues, puis boit une longue rasade.

Elle ouvre la boîte laquée contenant son repas. Sur un fond de riz blanc, des tranches de poisson rouge et rose, rehaussées de minces verdures, dessinent de délicates fleurs de cerisier. C'est presque trop beau pour être mangé. Elle jette un œil à la boîte-repas de Yamaki. Le poisson y a été utilisé pour dessiner un crabe. Matsudaira reçoit une boîte à son tour et y découvre un oiseau aux plumes de poisson blanc posé sur un lit d'algues.

— Les cuisiniers du seigneur Oda se sont surpassés, remarque le jeune stratège.

— Ils font toujours un effort particulier à la veille d'une bataille, répond Yamaki comme si Matsudaira s'était adressé à lui et non à son épouse.

Yukié plonge ses baguettes dans l'œuvre d'art culinaire qui l'attend.

— Après tout, nous sommes tous des fleurs de cerisier, murmure-t-elle à la fois pour elle-même et en réponse aux deux hommes.

Matsudaira hoche la tête.

— Je ne pensais pas que le seigneur Oda était un grand amateur d'art, dit-il.

Yamaki hausse les épaules.

— De certains arts, oui. La nourriture, le saké, le théâtre…

— Les courtisanes, ajoute Matsudaira.

Yukié laisse échapper un gloussement amusé, puis rougit. Encore? La présence de Matsudaira semble éveiller en elle des réactions de jeune fille.

— Je ne crois pas qu'on puisse considérer les courtisanes comme des artistes, dit-elle.

Mais elle sait qu'elle ment. Depuis qu'elle vit à Nagoya, elle a souvent vu des courtisanes, de loin, et elle n'a pu s'empêcher d'admirer leur grâce et leur élégance. Elle a aussi entendu, le soir, la musique qui s'échappait de leurs maisons et entrevu les décors raffinés de leurs salons de réception.

Matsudaira rit.

— Pardonnez-moi de vous embarrasser, Dame Hanaken. Mais oui, les courtisanes sont des gardiennes des arts au même titre que les guerriers ou les acteurs classiques qui s'apprêtent à nous émouvoir. Les danses, les chants et le théâtre font partie de nos traditions, tout comme l'art de manier le sabre.

Alors que le jeune stratège prononce ces paroles, des musiciens sortent de derrière le rideau et s'installent sur les côtés de la scène. Un tambour est frappé pour attirer l'attention des spectateurs, puis la musique s'élève, mélancolique. Un premier acteur entre en scène. Il s'agit du fantôme d'un jeune samouraï tué au combat. Il cherche celui qui l'a tué afin de se venger.

Yukié n'avait jamais considéré que le chant, la danse ou le théâtre puissent être aussi importants que les arts guerriers dans la vie d'un samouraï. Pourtant, alors que le dialogue s'engage entre les acteurs, elle se rend compte que seuls de vrais samouraïs ont la sérénité nécessaire pour, la veille d'une bataille, s'absorber dans la contemplation d'une histoire aussi triste et poignante que celle qui se déroule sous leurs yeux.

Elle sent le regard de Matsudaira s'attarder sur elle, détailler son profil. Puis, Yamaki se déplace légèrement et appuie sa cheville contre la sienne. Le contact de leurs peaux lui semble brûlant. Elle en oublie la présence du jeune stratège.

À la fin de la pièce, le fantôme du jeune homme pardonne à celui qui l'a tué. Après tout, il ne faisait que son devoir.

20

Les prières matinales des moines, qui semblent s'élever de partout à la fois en un murmure monotone, tirent Satô du sommeil. Il se lève, courbaturé d'avoir de nouveau dormi sur un matelas trop mince, dans une galerie dépourvue de tatamis. L'hôtellerie du temple n'est pas faite pour accommoder une troupe aussi nombreuse que la leur. La plupart des samouraïs sont donc réduits à dormir dans des salles de prière ou de réception, ou même dehors, sous la tente. Satô ne peut supporter l'ambiance des dortoirs, et il a donc élu domicile dans l'une des larges galeries qui relient les pavillons de l'hôtellerie. Ce matin, alors que l'air déjà chaud et moite laisse présager une journée aussi étouffante que la veille, il se félicite de son choix. À l'intérieur des murs du temple, la chaleur doit être intense et le sommeil a sans doute été difficile à trouver.

Tandis qu'il roule son matelas, il est surpris d'entendre un roulement de tambour familier. L'un des musiciens de l'armée vient-il de lancer le signal de l'éveil ? Le son se répète, plus fort. Puis il est repris ailleurs par un autre instrument. Oui, il n'y a pas à en douter. L'aube pointe à peine, mais les tambours demandent aux hommes du clan Oda de s'éveiller et de se préparer à un rassemblement.

Satô, son matelas sous le bras, pénètre dans la grande salle où il aurait dû dormir et y découvre des guerriers aux yeux collés de sommeil qui s'efforcent de secouer leur torpeur. Il range son matelas, s'empare d'un linge humide apporté par un serviteur et procède à une toilette rapide. La fraîcheur du tissu mouillé, passé sur son visage et sa nuque, achève de l'éveiller.

Il ressort sur la galerie, avec le coffre contenant son armure et ses vêtements. Il l'ouvre, en extrait un kimono à manches courtes de gros coton, ainsi qu'un pantalon bouffant taillé dans un brocart robuste. Ce sont des vêtements expressément conçus pour être portés sous l'armure et éviter à la peau tout frottement désagréable. Il a commencé à les enfiler lorsqu'il entend une cloison s'ouvrir non loin de lui. Il n'est évidemment pas le seul à avoir voulu profiter d'un peu d'air et de solitude pour s'habiller.

Respectant le désir d'intimité du nouvel arrivant, il ne se tourne pas dans sa direction, mais continue plutôt de revêtir son armure. Jambières, plaques renforcées s'attachant sur les sandales, larges cuissardes, manches métalliques montées sur un support de soie… Satô place et ajuste chaque pièce, s'assurant que sa liberté de mouvement n'est pas compromise et que les attaches supporteront les chocs. Enfin, il sort de son coffre la pièce centrale de son équipement, le corset en lamelles de fer laquées, garni d'une jupe de plaquettes, qui protégera à la fois son torse, son dos, ses hanches et le haut de ses cuisses. L'ensemble est solide, mais léger et souple. Comme le reste de son armure, il présente diverses nuances de vert. Chaque plaquette de la jupe porte une fleur délicatement gravée. Une fente sur le côté droit et des charnières sur la gauche permettent d'ouvrir le corset comme une boîte afin de s'y glisser.

Il vient de s'installer dans sa carapace d'acier et s'escrime à attacher les lacets qui la tiendront en place lorsque deux mains inconnues apparaissent dans son champ de vision, s'emparent des rubans de soie et les nouent d'un geste expert. Satô lève les yeux et croise le regard de Nobunaga.

Le daimyô a passé son corset d'armure lui aussi, mais il ne l'a pas attaché. Comprenant ce qui est attendu de lui, Satô s'empare des lacets qui pendent le long du flanc de Nobunaga et ferme l'armure du seigneur des Oda. Il n'est pas rare que des samouraïs de rang équivalent ou des combattants liés par une longue amitié se rendent ce genre de service lorsque vient le temps de s'armer pour la bataille. Cependant, c'est une marque de confiance rare lorsqu'un seigneur ou un daimyô confie ainsi sa sécurité à l'un de ses samouraïs. Satô se sent honoré. Jusque-là, seul Hideyoshi, en tant que porteur de sandales officiel, avait le privilège d'aider Nobunaga à enfiler son armure.

— Est-ce que je ne viendrais pas d'usurper le rôle du seigneur Singe ? plaisante à demi Satô.

Nobunaga hausse les épaules, le regard lointain. Le daimyô demeure silencieux tellement longtemps que Satô a l'impression qu'il ne réagira pas à son commentaire. Mais, au bout d'un moment, le seigneur des Oda se met à parler.

— Si nous remportons une victoire aujourd'hui, Hideyoshi sera trop occupé à se réjouir pour s'inquiéter de l'identité du samouraï qui aura fermé mon armure ce matin. Et si nous perdons, aucun d'entre nous n'aura plus jamais l'occasion de se soucier de telles futilités.

La gravité de Nobunaga surprend Satô. Puis il remarque que le daimyô a l'air fatigué. Comme s'il n'avait pas fermé l'œil de la nuit.

— Si vous croyez la situation aussi désespérée, risque Satô, il est encore temps de retourner à Nagoya à marche forcée et de s'écarter de la route d'Imagawa. Peut-être même pourriez-vous lui venir en aide dans sa lutte pour devenir shôgun et…

— Jamais ! le coupe Nobunaga.

La suggestion de Satô semble l'avoir réanimé. Son regard est redevenu brillant, habité, passionné.

— Si Imagawa devient shôgun, Satô, il fera comme tous les shôguns avant lui. D'abord, il réglera ses comptes avec ses ennemis en utilisant l'autorité de l'empereur. Ensuite, il fortifiera sa position autour de la cité impériale. Puis il cessera de se soucier du reste du pays, trop occupé à jouir du pouvoir et du luxe qui viennent avec la fréquentation de la cour impériale. Peu à peu, ses anciens alliés se mettront à intriguer pour prendre sa place. Des guerres éclateront à nouveau d'un bout à l'autre du pays. Un jour, Imagawa ou ses descendants seront vaincus et remplacés. Et on les oubliera.

Il n'arrive pas à comprendre en quoi ce scénario dérange Nobunaga. L'histoire du pays, depuis des générations, n'est qu'une longue série de luttes entre des daimyôs désirant s'approprier le titre de shôgun. Sa perplexité doit se lire sur son visage, car Nobunaga s'exclame :

— Mais si un daimyô, au lieu de s'acharner en vain à obtenir le titre de shôgun, mettait plutôt ses énergies dans l'unification du pays... S'il vainquait Imagawa, puis les autres seigneurs moins puissants... Ce daimyô-là, son nom resterait synonyme de gloire pendant des siècles !

L'ambition qui imprègne les propos de Nobunaga ne surprend pas Satô. Le daimyô Oda a toujours eu de grandes aspirations. Unifier le pays... Voilà qui serait profitable pour tous et les paysans prospéreraient en paix, tandis que les samouraïs pourraient enfin s'occuper des pirates qui grouillent sur les côtes. Et des prêtres qui fortifient trop bien leurs temples.

Toutefois, rêver d'unifier le Japon tout entier alors qu'on se prépare à affronter les quelque trente mille hommes d'Imagawa avec une troupe de moins de cinq mille guerriers, cela confine à la folie. Sacrifier sa vie à la poursuite d'un idéal, c'est le destin de tout samouraï.

Mais lorsqu'un seigneur se laisse aveugler par l'orgueil et qu'il entraîne tous ses combattants avec lui dans la mort, il n'acquiert nul renom.

— Peut-être serez-vous ce daimyô, dit quand même Satô.

Nobunaga lui sourit.

— Si nous prenons Imagawa par surprise, tout peut arriver.

Puis le visage du daimyô s'assombrit.

— Selon nos renseignements, les espions d'Imagawa n'ont pas pu s'approcher suffisamment du temple pour dénombrer précisément mon armée. Ils ne savent pas à quel point mes forces sont réduites. Mais lorsqu'ils nous verront sortir, ils comprendront, en voyant les bannières, que, malgré notre petit nombre, nous lançons l'attaque décisive. Je ne sais pas si nous parviendrons à frapper les troupes d'Imagawa avant qu'il ne soit prévenu…

C'est un problème, en effet. Normalement, chaque samouraï s'avance au combat avec une bannière portant son nom accrochée au dos. Chaque clan a un insigne, brandi fièrement par un porteur. Aucun seigneur ne se déplace sans déployer son blason personnel. Et même l'espion le plus empoté connaît par cœur les emblèmes des clans et des seigneurs alliés aux Oda. Dès que l'armée quittera le temple, son but apparaîtra clairement. À moins que…

— Et si nous laissions les bannières ici ? Des espions pourraient croire que nous sommes un groupe envoyé en renfort quelque part et non une force se préparant à l'attaque.

Les yeux de Nobunaga pétillent. D'un cri, il appelle un garde et lui relaie l'idée de Satô. Puis les deux hommes continuent de revêtir leur armure. Épaulières, casques et masques, ils mettent en place les dernières pièces. À nouveau, des tambours se font entendre. Cette fois, c'est le signal du rassemblement. Satô et son daimyô se dirigent vers la cour du temple.

En marchant aux côtés du seigneur Oda, Satô perçoit une forte odeur d'encens. Comme beaucoup de samouraïs de haut rang, Nobunaga a dû, la veille au soir, brûler quelques bâtonnets d'encens dans son casque afin de le parfumer. Ainsi, s'il est vaincu aujourd'hui et qu'un guerrier s'empare de sa tête pour prouver son exploit, celle-ci répandra d'agréables effluves. Pour les samouraïs des plaines, cette petite attention est considérée comme une politesse envers l'adversaire. Satô trouve la coutume macabre. Il faut dire que Takayama n'encourage pas la prise des têtes des ennemis, même s'il n'a jamais pu empêcher ses guerriers de s'y livrer. Le daimyô des Oda cependant, étant donné la taille de son armée, doit se fier à ces trophées barbares pour savoir lesquels de ses nombreux guerriers méritent les honneurs réservés aux meilleurs combattants. Tous les daimyôs, paraît-il, utilisent encore ce procédé hérité des temps anciens.

Dans la grande cour du temple, dont les portes ont été ouvertes pour permettre aux troupes de manœuvrer à l'aise, les guerriers achèvent de se placer en formation.

Satô aperçoit sa sœur et Yamaki aux premiers rangs des cavaliers. Il devine que l'homme en armure sombre qui se tient entre Yukié et le seigneur Takayama doit être le jeune Matsudaira. Derrière les cavaliers, auxquels les casques et armures confèrent des allures de démons, les samouraïs sont alignés en rangs serrés, armures brillantes dans les premiers rayons du soleil. Plus loin, les groupes d'archers, les lanciers et les ashigarus munis de teppôs ont déjà adopté les formations serrées qui leur permettent de résister aux charges de cavalerie.

Malgré la densité de la foule assemblée, Satô ressent une impression de vide en contemplant les rangs des guerriers. Puis un coup de vent survient et des bannières claquent au vent. Depuis les murs du temple. Sa suggestion a été retenue. Les bannières individuelles et les enseignes des clans sont demeurées plantées devant les temples ou les pavillons de l'hôtellerie. Les bannières des seigneurs et celles du clan Oda décorent toujours les fortifications. Pourvu que les espions se laissent prendre.

Les commandants des troupes viennent présenter leurs rapports. Les guerriers sont prêts. D'un grand geste du bras, Nobunaga met son armée en mouvement. Satô lui emboîte le pas en direction de la troupe de cavaliers, où leurs chevaux les attendent. Tandis qu'il se hisse en selle, Satô ne peut s'empêcher de penser aux paroles prononcées plus tôt par Nobunaga.

L'attaque décisive.

Puissent les kamis veiller sur eux.

21

À peine sortie du temple, l'armée a quitté la route pour s'enfoncer dans la forêt touffue qui la borde. Cette étendue de feuillus se poursuit jusqu'aux abords du défilé de Dengakuhazama, où Imagawa a installé un campement temporaire. Plus la journée avance, plus la chaleur augmente, lourde et collante. Yukié a du mal à respirer sous son casque. Il lui semble que, à chaque inspiration, elle avale un air tellement humide qu'il se change en eau sur sa langue et lui encombre les poumons.

Leur progression est rapide, mais bruyante, concert de branches cassées, de piétinements lourds et de cliquètements d'armures. Des samouraïs dépourvus d'armure précèdent le gros de l'armée et s'assurent qu'aucune sentinelle placée par Imagawa ne pourra signaler leur approche. Cependant, lorsque les troupes parviendront près du camp ennemi, Yukié se demande comment leur vacarme pourra passer inaperçu.

Au loin, elle entend le tonnerre gronder. Bien sûr! L'orage prédit la veille couvrira leur approche. Et une bonne pluie chassera l'humidité qui les accable. Elle n'a pas tellement envie d'être trempée, mais se battre par cette chaleur serait encore pire.

Devant elle, Nobunaga s'est arrêté dans une clairière et signale aux troupes de s'immobiliser. Elle laisse son cheval se rapprocher de celui du daimyô avant de s'exécuter. Matsudaira, Takayama, Yamaki, Satô et Hideyoshi font de même.

Nobunaga brandit une esquisse tracée à l'encre sur un papier de riz et s'assure que tous l'ont vue. Le dessin représente la forêt où ils se trouvent. Au nord de leur position actuelle, l'étendue boisée est coupée par un ravin large et profond, sans doute le lit d'un ancien torrent. C'est le défilé de Dengakuhazama. Avec des parois hautes comme cinq hommes, le défilé mesure une bonne portée de flèche en largueur et une cinquantaine en longueur. Quoique l'endroit soit vaste, l'armée d'Imagawa doit y être entassée. Le défilé prend naissance dans une vallée, à l'est, et forme une courbe douce qui débouche à l'ouest sur une plaine fertile où la forêt cède rapidement place à des champs cultivés et à un village. Si l'armée du daimyô continue tout droit, elle arrivera bientôt au bord du ravin, presque à équidistance de ses deux extrémités.

— Seigneur Singe, lance Nobunaga à Hideyoshi, tu fonces vers le nord avec les ashigarus et les archers, puis vous vous déployez le long du ravin. Satô, Yamaki, vous rassemblez les hommes de votre clan et ceux du clan de Katsui, puis vous partez vers la vallée. Vous allez prendre l'armée d'Imagawa à revers. Pendant ce temps, avec Takayama et mes troupes, nous allons nous rendre à la sortie du défilé, à l'ouest. Yukié, tu restes avec moi et tu protèges notre invité.

Tous hochent la tête, mais Yukié a un pincement au cœur. Les ordres de Nobunaga la séparent de son frère et de son époux pour l'essentiel de la bataille. Elle espère qu'il ne leur arrivera rien. Matsudaira rapproche sa monture de la sienne et lui adresse un sourire crispé. À présent que l'affrontement est imminent, le jeune stratège regrette-t-il d'avoir trahi Imagawa?

— L'orage sera de courte durée, ajoute Nobunaga. Hideyoshi, dès que la pluie diminuera suffisamment pour que la poudre des arquebuses soit utilisable, ordonne les premiers tirs. Nous t'entendrons de loin et lancerons nos attaques.

Nouveaux hochements de tête. Hideyoshi tourne bride et se dirige vers ses ashigarus. Yukié croise le regard de son frère. Satô s'incline vers elle en souriant. Elle lui retourne son salut, puis le contemple alors qu'il rejoint les samouraïs placés sous ses ordres. Nobunaga, Takayama et Matsudaira commencent à s'éloigner entre les arbres. Elle devrait leur emboîter le pas, mais elle s'attarde face à Yamaki. Elle ne peut pas lui dire d'être prudent. Elle aurait l'air de douter de ses capacités. Ou de le croire capable de placer sa survie avant sa loyauté envers ses supérieurs. Elle sait qu'il pourrait mourir dans les heures qui viennent. Mais une samouraï ne s'attarde pas à imaginer le pire. Il faut aborder un combat avec confiance pour espérer le remporter.

— Nous nous rejoindrons au milieu du défilé, lance-t-elle à son époux.

Yamaki sourit et ses yeux se plissent. Il effleure la crinière de sa monture d'une manière évoquant le geste doux qu'il a eu la veille, dans l'intimité, pour lui caresser les cheveux.

— À plus tard, après l'orage.

Ils tirent sur leurs rênes en même temps, pour entraîner leurs chevaux dans des directions opposées. Yukié donne du talon dans les flancs de sa monture pour la forcer à accélérer. Elle rattrape Nobunaga, Takayama et Matsudaira. Les trois seigneurs cheminent en silence, en tête de leurs troupes, en tâchant de progresser en ligne droite malgré les arbres. De temps à autre, ils jettent des coups d'œil au ciel qui se couvre.

Bientôt, elle entend au loin des éclats de voix et quelques notes de musique. Il lui semble même sentir, mêlé au parfum piquant des arbres et à l'odeur lourde de l'humus, les arômes de pièces de viande mises à rôtir. Les informations de Matsudaira étaient exactes. Les troupes d'Imagawa sont occupées à fêter leurs récentes victoires.

Le tonnerre gronde à nouveau. Des nuages noirs cachent le soleil. Les premières gouttes de pluie se mettent à tomber. Les feuilles des arbres arrêtent ou dévient une partie de l'averse, mais elles bloquent également la lumière du jour devenu gris. Yukié ne voit plus grand-chose devant elle, sauf la croupe des chevaux de Nobunaga et de Matsudaira. Takayama est quelque part derrière elle. Les autres samouraïs, à pied ou à cheval, ont disparu dans la pénombre et se confondent avec les troncs des arbres, mais le bruit de leur progression rassure Yukié quant à leur présence.

La pluie tombe de plus en plus fort et les coups de tonnerre se rapprochent. Les gouttes percent la voûte végétale et viennent frapper son casque avec bruit. Soudain, devant elle, sur sa droite, elle croit voir un arbre bouger. Elle braque son regard. Est-ce un jeu d'ombres ?

Un coup de tonnerre, plus fort que les autres, lui arrache un sursaut. Et l'un des côtés de l'arbre paraît tressauter lui aussi. Quelqu'un est dissimulé derrière le tronc ! Ami ou ennemi ? Sans réfléchir, Yukié dégaine son long katana et pousse son cheval en avant. Dans un instant, Nobunaga et Matsudaira vont passer près de l'inconnu embusqué. Elle doit découvrir ses intentions.

Un éclair illumine un instant le ciel et cette lueur révèle à Yukié que l'inconnu porte une armure. Or, les samouraïs partis en éclaireur pour le clan Oda n'étaient vêtus que de kimonos. C'est sans doute une sentinelle d'Imagawa qui leur a échappé !

Elle pousse un cri rauque, modulé pour qu'il ne soit pas entendu de trop loin, afin d'avertir ses compagnons de la menace.

L'homme, qui s'apprêtait à bondir pour saisir les rênes du cheval de Nobunaga, tourne la tête vers elle, surpris. C'est alors que Yukié voit Matsudaira surgir derrière l'ennemi, en position ramassée, sabre au clair. Alors que l'homme embusqué lève son sabre et esquisse un geste en direction de Yukié, la lame du jeune stratège le cueille de dos et perce son armure, à la jonction de l'épaule. L'homme tombe. Matsudaira dégage son sabre, vise le cou de son adversaire et achève le travail.

Tandis que la tête de l'homme roule sur le sol, Yukié sent son cœur cogner dans sa poitrine. Elle déteste les embuscades et toutes les tactiques qui forcent les samouraïs à agir comme des *ninjas* ! Heureusement, Matsudaira veillait lui aussi à la sécurité de Nobunaga.

Elle entend des pas se précipiter vers elle et s'élance vers le cheval de Nobunaga, immobilisé à quelques pas d'elle, afin de protéger son daimyô. Ce sont cependant le seigneur Takayama et quelques guerriers qui surgissent, katana au poing.

— Tout va bien ? s'informe Takayama.

Yukié sent la main de Nobunaga se poser sur son épaule.

— Parfaitement bien, répond le daimyô. Hanaken Yukié et Matsudaira Takechiyo veillaient sur moi. Cet homme était sans doute une sentinelle que nos éclaireurs auront manquée. Voyant arriver des cavaliers richement équipés, il a failli mettre fin à mon règne, sans même savoir à qui il s'en prenait !

Tous rient, parce que c'est le seul moyen de contrer la peur et de ne pas imaginer des ennemis derrière chaque arbre. Nobunaga a sans doute raison de croire que la sentinelle l'a choisi pour cible par simple hasard. La guerre est pleine de ces coïncidences aux conséquences parfois funestes. Le père de Nobunaga a lui-même succombé non pas à un coup de sabre, mais à une égratignure, provenant d'une lame rouillée, qui s'était envenimée. Yukié rengaine son sabre, puis remonte en selle.

Ils reprennent leur progression vers l'ouest, tandis que l'orage devient de plus en plus violent. À la faveur d'un éclair, elle croit remarquer que Matsudaira tient son avant-bras gauche comme s'il avait mal. Son adversaire n'a pourtant pas eu le temps de riposter. Se serait-il blessé en descendant de cheval ?

Elle fronce les sourcils. Une telle maladresse lui semble de mauvais augure.

La pluie faiblit. Sous les sabots de son cheval, le sol descend en pente douce. Nobunaga lève le bras, son signal est relayé et tous les samouraïs s'immobilisent. Devant eux, les arbres sont plus clairsemés et ils aperçoivent les parois rocheuses qui encadrent la sortie du défilé de Dengakuhazama. Quelques gardes sont postés en travers du couloir rocheux, mais ils semblent distraits. Les feux de joie allumés non loin derrière eux découpent nettement leurs silhouettes et jettent sur leurs armures des reflets rouges et sanglants.

22

Satô expire avec force pour chasser sa nervosité. Ses oreilles bourdonnent, en partie à cause de la tension qu'il ressent, mais surtout à cause de la pluie qui a tambouriné si fort sur son casque qu'il a cru en devenir sourd. À présent, l'averse s'est calmée. Les éclairs ont cessé. Le tonnerre s'est éloigné.

À quelques pas de Satô, juste de l'autre côté de la lisière des arbres, la fête se poursuit dans le défilé. Il peut voir de nombreux samouraïs s'échanger des bouteilles de saké ou rire en contemplant des têtes coupées, exposées sur des tréteaux. Ils se pressent les uns contre les autres dans l'espace encaissé. Plus loin, Satô devine des tentes piquées de bannières. Des serviteurs ont dû protéger les feux de cuisine pour les préserver de l'averse, car des filets de fumée strient le ciel, des reflets dansent sur les parois de pierre humides du défilé et une odeur de viande rôtie flotte dans les environs.

Bientôt, de la musique s'élève, joyeux mélange de tambours, de gong et d'instruments à cordes. Satô jette un regard à Yamaki, qui se tient à ses côtés. Son beau-frère lui retourne un hochement de tête entendu. Yamaki ne serre pas ses rênes jusqu'à en avoir les mains engourdies, il ne bouge pas constamment sur sa selle... même sa monture est placide et s'abstient de remuer les oreilles. Comme souvent, Satô envie le calme et la sérénité du capitaine des troupes de Takayama.

Si les musiciens jugent que l'humidité a suffisamment diminué pour qu'ils ressortent leurs instruments, cela signifie que, malgré la légère bruine qui persiste, les archers et les ashigarus pourront bientôt passer à l'attaque.

Un bruit d'explosion, faible et lointain, interrompt la musique. Satô se tend. Il voit Yamaki l'imiter. Il entend les samouraïs, derrière eux, dégainer leurs sabres. Est-ce un premier tir d'arquebuse? Des cris de ravissement et des éclats de lumière colorée, qui illuminent le ciel à l'ouest, au-dessus des arbres, le détrompent. Non, ce n'était qu'un feu d'artifice, destiné à égayer la fête.

Une seconde explosion survient, plus proche, encore accompagnée d'exclamations de plaisir. Cette fois, Satô aperçoit clairement la corolle lumineuse du feu d'artifice. Elle est rouge vif, comme le sang fraîchement versé.

Puis il entend trois claquements, plus secs et plus courts, en séquence rapprochée. Suivis, presque aussitôt, d'une autre explosion. La clameur suscitée est générale-ment ravie, mais il discerne quelques glapissements surpris. Des ashigarus auraient-ils profité des feux d'artifice pour couvrir leurs premiers tirs ?

Lorsqu'une nouvelle série de claquements crépite, sans que le ciel s'illumine, le doute n'est plus permis. Il s'agit de tirs d'arquebuses. Hideyoshi a engagé les teppôs dans la bataille.

Le cœur battant, Satô dégaine son katana. Il tourne la tête vers Yamaki. Celui-ci lève alors vers le ciel son épée dégainée, puis pousse deux cris, assourdis par son masque d'armure qui lui donne l'air d'un démon rouge.

— Héhéé ! Héhéé !

Les guerriers rassemblés derrière eux répondent d'une seule voix à l'encouragement de leur capitaine :

— HO !

Dans un martèlement qui rappelle les roulements du tonnerre entendu plus tôt, les samouraïs s'élancent vers le défilé. Alors que les premiers combattants à pied arrivent à sa hauteur et s'apprêtent à le dépasser, Satô pique les talons dans les flancs de son cheval. Sa mon-ture bondit en avant, encouragée par la cacophonie de cris de guerre qui retentissent autour d'elle.

Satô est l'un des premiers à surgir des bois et à s'élancer entre les hautes parois rocheuses du défilé. En voyant le spectacle qui s'offre à lui, il a l'impression que son cœur se change en glace. Les ennemis sont si nom-breux, entassés sur toute la largeur du ravin, entre les tentes et les feux de cuisine, qu'on dirait un mur. Puis certains de ces guerriers, alertés par les exclamations provenant du couvert des arbres, remarquent son apparition. Ils tendent les mains vers leurs armes, mais aux yeux de maître d'armes de Satô, leurs gestes sont mous et imprécis. Ils sont ivres, amollis par la fête ou trop stupéfiés pour réagir correctement. Tandis que son cheval renverse plusieurs fêtards, Satô en fauche d'autres, comme un paysan couperait du chaume.

Il n'y a nulle gloire à frapper ainsi des ennemis pris par surprise, mais devant un adversaire aussi nombreux, l'honneur doit céder le pas à la logique. Pour vaincre, ils doivent décimer leur ennemi. Mais Satô est persuadé que même dans ses songes les plus optimistes, son n'avait pas prévu que les troupes d'Imagawa seraient aussi indisciplinées, presque paralysées par la surprise.

Au lieu de se regrouper et de commencer à s'organiser, les combattants d'Imagawa se lancent dans des courses désordonnées. Les tréteaux sont renversés. Les têtes tranchées roulent dans la poussière. Les feux de cuisine sont piétinés, les tentes, piquets arrachés, s'effondrent. Plusieurs guerriers ennemis se précipitent vers l'autre extrémité du ravin, mais une partie d'entre eux tourne les talons en constatant que des corps percés de balles et de flèches gisent en travers de leur route. Des groupes de fuyards entrent en collision et des alliés s'embrochent sans se reconnaître. Certains adversaires tentent de déborder les samouraïs menés par Satô et Yamaki pour s'enfuir dans la forêt. Quelques-uns y parviennent, mais la majorité tombent sous les coups de sabre des guerriers des clans Takayama et Katsui.

Le défilé s'emplit de hurlements de souffrance, ponctués de sifflements de flèches et de tirs d'arquebuses. L'odeur de la mort et de la poudre des teppôs l'emporte sur celle de la viande mise à cuire.

Tous ces mouvements finissent par créer des éclaircies dans les rangs des ennemis. Et au milieu de l'une de ces éclaircies, Satô distingue une vaste tente de brocart doré, au-dessus de laquelle flotte la bannière personnelle du daimyô Imagawa. Les hommes d'Imagawa ne protègent plus la tente de leur seigneur !

— À moi, hommes de Takayama ! hurle Satô.

Quelques samouraïs à pied dont il reconnaît les armures, certains munis de lance plutôt que de sabre, se regroupent autour de lui. Des guerriers de son clan. Ses élèves et ceux de son père avant lui. Leurs armes sont couvertes de sang. Il désigne la tente dorée de la pointe de son sabre. À peine deux rangs d'adversaires les en séparent et les hommes qui les composent semblent prêts à rompre leur formation à tout moment.

— La victoire est à notre portée !

Entouré des guerriers de son clan, il charge.

23

Dès la fin de l'orage, des tirs d'arquebuses ont retenti, semant la panique dans le camp d'Imagawa. Autour de Yukié, les samouraïs, à pied ou à cheval, se sont élancés hors du couvert des arbres pour fondre sur leurs ennemis, comme des aigles sur des lapereaux.

En compagnie de Nobunaga, Takayama, Matsudaira et quelques autres gardes, Yukié est restée en retrait un moment, le temps que les seigneurs évaluent le déroulement de l'assaut. Leur formation s'est enfoncée sans mal entre les parois du ravin, séparant les troupes ennemies en groupes faciles à circonscrire et les acculant aux murs rocheux pour les empêcher de manœuvrer. À présent, voyant que leurs adversaires tombent comme des mouches et sont incapables d'organiser une résistance sérieuse, Nobunaga signale à ses compagnons de s'avancer à leur tour. Armé de son grand arc, le daimyô des Oda désire prendre part au combat.

Alors qu'elle quitte le couvert des arbres, les yeux fixés sur le sol inégal pour éviter que sa monture ne mette le pied dans un trou, Yukié remarque de longues ombres gracieuses, corps délicats et larges ailes battantes, dont la course coupe sa trajectoire.

Elle lève la tête, mais déjà, le vol d'oiseaux qui a projeté ces silhouettes a disparu, caché par un nuage. Le poème lu dans l'antichambre de Nobunaga lui revient. L'ombre des oiseaux, fugace comme la vie d'un samouraï loyal, mais aussi mémorable que ses actes.

— Tout va bien, Dame Hanaken? lui dit Matsudaira.

Le jeune stratège, qui chevauche à ses côtés, a dû suivre son regard, sans rien remarquer d'alarmant. Yukié hoche la tête.

— Une ombre, rien d'autre.

Elle s'apprête à talonner son cheval pour rejoindre la bataille lorsqu'elle remarque la pâleur de son compagnon. Son bras gauche est crispé contre sa poitrine.

— Êtes-vous blessé, seigneur Matsudaira? Si c'est le cas, nous pouvons rester en arrière.

Un rapide coup d'œil au champ de bataille, devant eux, la conforte dans cette idée, même si elle n'aime guère jouer les spectatrices. Des archers d'Imagawa se sont rassemblés au milieu du ravin et ont tiré sur les ashigarus de Hideyoshi, placés au-dessus d'eux, en haut des parois du défilé. Quelques arquebusiers, atteints, sont tombés au fond de la ravine. Mais leurs corps se perdent parmi la masse des morts du camp Imagawa, dont le nombre augmente à chaque instant. Et le petit groupe d'archers vient d'être pris pour cible par des cavaliers qui les chargent au galop. Hormis cette poche de résistance, le camp d'Imagawa ressemble à une basse-cour envahie par des renards. On y court en rond, en poussant des cris. Les tentes s'abattent, les feux sont piétinés. Des samouraïs du clan Oda doivent déplacer les cadavres ennemis pour dégager un chemin au reste des troupes. L'odeur lourde de la mort, mêlée à celle, piquante, de la poudre brûlée, flotte sur la bataille. Ce parfum amer annonce la fin des hostilités.

Yukié ramène son attention à Matsudaira et le voit grimacer, l'air embarrassé. Le jeune stratège tend son bras gauche vers elle. Du sang tache l'épais brocart de sa manche d'armure. Entre deux plaquettes d'acier destinées à protéger l'avant-bras, le tissu a été sectionné par une lame et la chair semble profondément coupée.

— J'avais vu l'homme à la faveur d'un éclair, dit-il. J'ai donc dégainé mon sabre tout en me laissant glisser de ma selle… et je me suis coupé moi-même, dit-il.

Yukié considère soudain d'un autre œil le jeune stratège à la silhouette rondouillarde. Sa grande intelligence est-elle sa manière de pallier une maladresse impardonnable chez un samouraï?

— Oh, grogne-t-il en surprenant son expression, n'allez pas croire que je suis malhabile! Je crois que mes épées, un cadeau d'Imagawa, sont maudites. Ce sont des lames Muramasa.

Le nom éveille en elle le souvenir de sombres ragots qui circulent sur les galeries lors des chaudes soirées d'été. Dans ces récits, l'armurier Muramasa, célèbre pour la qualité de ses sabres, est décrit comme un homme effrayant, au caractère cruel. On raconte que ces défauts sont passés dans ses créations et qu'elles sont habitées de kamis assoiffés de sang. On prétend même que certaines d'entre elles refusent d'être remises au fourreau sans avoir goûté le sang. Et que certains porteurs de Muramasa ont dû se suicider pour satisfaire l'appétit de leur arme.

Cependant, ces rumeurs terrifiantes, tout comme les histoires de fantômes dont les samouraïs sont si friands, ne sont que des inventions destinées à provoquer de rafraîchissants frissons de peur afin de chasser la chaleur de l'été. Elles n'ont pas leur place sur un champ de bataille.

— Peu importe, répond Yukié en fronçant les sourcils, cette blessure saigne, il vous faut des soins. Venez…

— Prudence ! la coupe Matsudaira en levant son katana.

C'est alors qu'elle remarque le groupe de samouraïs dépenaillés et d'hommes à demi vêtus qui se précipitent sur eux. Leur allure débraillée n'est pas celle des troupes des Oda. Son cœur se met à battre comme un tambour. Elle a laissé l'histoire de Matsudaira la retarder et ils sont isolés, loin derrière leurs alliés. Peu importe. Les ennemis ne sont pas nombreux. Elle empoigne ses sabres et les tire tous les deux à la fois tandis que, d'une pression des genoux, elle positionne son cheval devant celui de Matsudaira.

Sans doute inquiétés par ces préparatifs, les ennemis infléchissent leur course et s'efforcent de sortir du défilé en longeant la paroi la plus éloignée de Yukié et de Matsudaira. Elle pousse un soupir de soulagement, puis contemple, songeuse, ces soldats qui tentent de fuir. Devrait-elle essayer de les arrêter? Non, l'armée d'Imagawa a perdu suffisamment d'hommes. Inutile de risquer sa vie pour infliger quelques pertes de plus à un adversaire déjà affaibli.

Elle rengaine son wakizashi, mais garde son katana à la main.

— Venez, lance-t-elle au jeune stratège par-dessus son épaule. Tentons de rejoindre mon époux, notre clan compte de bons soigneurs.

Elle pousse son cheval en avant, vers la bataille qui semble s'achever. Au loin, par-delà le point où la courbe du défilé lui bloque la vue, elle entend des cris de triomphe. Elle croit reconnaître la voix de son frère.

24

Satô et les guerriers qui l'accompagnent dans sa charge percutent de plein fouet les rangs ennemis et les traversent sans ralentir. Ils sont encore à plusieurs pas de la tente dorée lorsque les pans de celle-ci s'écartent et livrent passage à trois samouraïs. L'un d'eux est vêtu d'un kimono rouge raidi de broderies dorées. Cet homme, le visage dur et hautain, a une quarantaine d'années. Ses cheveux luisent d'huile et les sabres passés à sa ceinture semblent d'or massif.

— Cessez ce vacarme! Arrêtez de boire et retournez à vos postes! hurle à la ronde le samouraï vêtu de rouge et d'or.

C'est alors que Satô reconnaît le personnage. Il l'a vu une fois, de loin, des années auparavant, sans même entendre sa voix, mais il ne l'a pas oublié. Ce luxe vestimentaire outrancier, ces dorures, ces traits aristocratiques... Imagawa ! Satô est si surpris par cette apparition qu'il en sursaute, tirant légèrement sur les rênes de son cheval. Sa monture ralentit sa course. Le bruit de la bataille a dû déranger le daimyô et, sans savoir à quel danger il s'expose, il s'est déplacé en personne pour régler la situation. Sans doute espérait-il impressionner ses guerriers par sa présence.

Toutefois, hormis les deux samouraïs qui l'encadrent et semblent être ses gardes du corps, la majorité des hommes encore vivants qui se trouvent à la portée de sa voix n'appartiennent pas à son armée.

Satô n'a pas le temps de crier ni de prévenir ses guerriers de l'identité de l'homme qui brave leur charge. Peu importe, de toute façon. Le destin d'Imagawa est scellé. La mort se précipite vers lui, armée de sabres et de lances.

Le daimyô ennemi semble soudain remarquer que les hommes qui courent vers lui portent des armures et des emblèmes qui lui sont étrangers. Satô voit l'incompréhension, puis l'horreur se peindre sur les traits de l'arrogant seigneur. D'un geste fluide, Imagawa tire du fourreau son katana à poignée d'or. Ses gardes du corps ont déjà dégainé.

Satô et deux de ses alliés, Môri et Hattori, arrivent à portée de lame du daimyô et de ses gardes. L'un des gardes, considérant sans doute que le cavalier représente la pire menace, se jette sur Satô et tente de lui entailler la cuisse d'un large mouvement de sabre. Satô force son cheval à tourner sur place et le coup ne l'atteint pas. Pour éviter d'être piétiné par la monture de Satô ou coincé entre le cheval et sa tente, Imagawa effectue une série de pas de côté rapides, qui l'éloignent de ses gardes. Satô voit Môri, armé d'une lance naginata, profiter de l'occasion et frapper en visant les jambes d'Imagawa. Le daimyô dévie le coup avec adresse. Satô ne peut réprimer son admiration. Malgré sa situation désespérée, le daimyô ennemi démontre une habileté et une maîtrise dignes d'un grand samouraï.

Le garde du corps qui l'a attaqué revient à la charge, mais cette fois Satô est prêt et, d'un coup de pointe, il perce la gorge de son adversaire. Môri, entraîné par son élan, se retrouve au corps à corps avec le second garde d'Imagawa. Pendant ce temps, le daimyô a ramené son sabre en position défensive pour faire face à l'attaque de Hattori. Devant les yeux de Satô, Hattori s'élance, katana bas. Imagawa abaisse son sabre pour parer le coup... Mais au dernier moment, en une manœuvre fulgurante que Satô reconnaît pour l'avoir souvent enseignée, Hattori pivote légèrement et imprime à son katana une trajectoire montante. La lame d'acier luisant frappe le cou du daimyô juste au-dessus de l'épaule, poursuit sa course à travers les chairs et ressort du côté opposé, sous l'oreille.

La tête d'Imagawa, tranchée net, roule dans la poussière.

Pendant un instant, Satô la contemple en clignant des yeux. Môri, Hattori et les autres guerriers, autour de lui, ont engagé des duels avec de nouveaux ennemis. Ils ne connaissent pas l'importance de l'homme qu'ils viennent d'abattre.

Satô dirige son cheval vers la dépouille d'Imagawa et met pied à terre. Alors qu'il s'avance vers la tête coupée, il a l'impression que celle-ci le regarde et il doit s'arrêter pour réprimer ses nausées. Imagawa était un seigneur cruel et dur. Pendant neuf années, il a guerroyé contre les clans Oda et Takayama. Mais méritait-il vraiment de finir ainsi, décapité sans avoir eu le temps d'adresser ses adieux au monde ?

À l'aide de son sabre, Satô découpe l'une des larges manches du kimono d'Imagawa et, malgré son dégoût, il l'utilise pour recouvrir et envelopper la tête sanglante. Puis il remonte en selle, emplit ses poumons jusqu'à sentir sa poitrine tendre les lacets de son armure, lève son macabre fardeau à bout de bras et hurle :

— Imagawa est mort ! Gloire aux Oda !

Tandis que son cri est repris autour de lui, il se sent pris de vertige. Est-ce que la guerre, cette guerre qui l'a forcé à vivre loin de son village natal pendant tant d'années, est vraiment terminée ?

25

Les cris de victoire deviennent une clameur qui semble retirer à leurs ennemis tout esprit combatif. À cheval, katana à la main, Yukié escorte Matsudaira au milieu de groupes de vaincus qui déposent les armes. Certains se feront seppuku avant la fin du jour, incapables de vivre avec la honte de la défaite. Les plus pragmatiques se diront qu'ils ont obéi de leur mieux à des ordres malavisés et que leur honneur de samouraï est sauf. Si leur seigneur est encore vivant et qu'il se place sous l'autorité du daimyô Oda, leur vie pourra reprendre un cours normal. Cependant, si leur seigneur est tombé au combat ou s'il préfère se suicider plutôt que de subir l'autorité d'un nouveau daimyô, c'est sans doute un destin de rônin, pauvreté, errance et famine, qui les attend. Car qui voudrait des services d'un samouraï qui n'a pas su protéger son seigneur et qui a refusé d'affronter le suicide rituel?

Elle contemple le champ de bataille avec malaise. La guerre contre Imagawa, menace qui plane sur le clan Oda depuis des années, vient de se terminer. Bientôt, les guerriers de son clan, le seigneur Takayama en tête, pourront rentrer chez eux, dans les montagnes. Revoir leurs demeures ancestrales, leurs familles…

Elle a l'impression de ne pas avoir mérité ce répit qui s'annonce. Elle a repris son rôle de guerrière, certes, et elle a dû affronter les remous que cela a créés dans sa vie de famille, mais elle a assisté aux combats de ce jour en spectatrice. Elle n'a pas payé cette victoire avec sa sueur, sa peur et son sang. Cela vaut mieux, sans doute, mais elle éprouve quand même une impression d'inachèvement. Comme si elle n'avait pas accompli son devoir de samouraï.

Non loin devant elle, elle voit son frère, son époux, son seigneur et Hideyoshi. Tous sont en grande discussion avec Nobunaga. Elle pointe le petit groupe à Matsudaira et dirige sa monture vers eux.

C'est alors qu'elle aperçoit la menace.

Tout près d'elle, le long de l'une des parois du défilé, un homme, un serviteur à en juger par ses vêtements de paysan, s'est emparé de l'arquebuse de l'un des ashigarus tués par les archers d'Imagawa. La mèche de l'arme fume encore. Sous les yeux de Yukié, l'homme pointe le fût d'acier en direction du daimyô des Oda, puis il approche son autre main de la détente.

Il est évident que l'homme n'a jamais touché un teppô auparavant. Ses gestes sont maladroits, le fût de l'arme bouge constamment, rendant sa visée aléatoire, et il tâtonne autour de la détente sans réussir à la déclencher. Mais Yukié devine qu'il y parviendra tôt ou tard. Le mécanisme n'est pas si complexe. Et à cette distance, la balle qui surgira du canon, peu importe qui elle frappera, sera mortelle.

Elle hurle, plante les talons dans les flancs de son cheval et galope vers l'homme à l'arquebuse, sabre brandi, prête à frapper. Elle doit le tuer, le blesser suffisamment pour le forcer à lâcher son arme ou, à tout le moins, interposer sa monture entre cette arquebuse et les hommes qu'elle sert et aime : son daimyô, son seigneur, son frère et son époux.

Soudain, à la faveur d'un jeu d'ombres des nuages, elle a l'impression de voir ses enfants apparaître devant l'homme qui tient l'arquebuse. Ils la regardent venir vers eux, l'air apeuré.

BANG!

L'homme a réussi à relâcher le ressort de la détente. La mèche a enflammé la poudre. Au bruit de la détonation, Yukié sursaute avec tant de violence qu'elle sent sa chair se déchirer.

Elle parvient à la hauteur du tireur, se penche légèrement vers lui sur sa selle et, ignorant la douleur qui la transperce, frappe en un long mouvement fluide, fruit d'années d'entraînement. Sa lame ne rencontre pratiquement aucune résistance. L'homme tombe.

Elle aussi.

Emportée par son élan, elle ne peut se maintenir sur son cheval. Ses jambes n'ont plus de force. Sa main libre manque le pommeau de la selle. Elle bascule vers le sol.

Elle tente de rouler pour amortir sa chute, mais n'y parvient pas. Elle se sent lourde. Le choc contre la terre pierreuse vide ses poumons et, lorsqu'elle tente de reprendre son souffle, la souffrance lui déchire la poitrine. Elle a la sensation étrange d'être en train de s'étouffer avec une gorgée de thé. Pourtant, elle n'a rien bu depuis des heures.

Des ombres apparaissent au-dessus d'elle, à contre-jour. Trois silhouettes. Ses enfants ? Que font-ils sur le champ de bataille ? Seront-ils fiers de leur mère qui vient de sauver la vie de leur daimyô ?

Deux autres ombres apparaissent et s'effondrent à genoux près d'elle. Des mains lui retirent son casque, soulèvent délicatement sa tête, caressent ses cheveux. Elle reconnaît les gestes et les traits de son époux.

— Yamaki, murmure-t-elle.

Sa voix n'est qu'un râle. Un liquide lui emplit la bouche. Elle tousse. La souffrance est atroce. Son époux lui répond. Et la douleur disparaît.

26

Satô vient de remettre à Nobunaga la tête de son rival lorsqu'il entend Yukié hurler. Aussitôt, il se tourne en direction des cris et voit sa sœur, tel un kami furieux, charger un arquebusier solitaire. Un arquebusier aux gestes mal assurés qui n'est pas vêtu comme leurs ashigarus. Un ennemi. En possession d'un teppô ! Qui vise le daimyô Oda et les autres seigneurs !

Il n'a pas le temps de réagir. À ses côtés, Nobunaga encoche une flèche sur son grand arc, mais Yukié a interposé sa monture entre eux et le tireur.

BANG !

Pendant un instant, Satô a l'impression que le temps s'est arrêté. Il espère que la balle de l'homme se soit perdue dans le sol ou vers le ciel, trop haut pour blesser qui que ce soit.

Puis le corps de sa sœur tressaute. Et, après avoir décapité le tireur, Yukié, cette cavalière hors pair, paraît emportée par son mouvement et glisse de selle. Elle tombe, à plat sur le dos. Sa monture continue sa course et Satô la perd de vue.

Yukié ne se relève pas.

Lui-même n'arrive pas à bouger.

Il ne peut croire la scène qui vient de se dérouler sous ses yeux. Déjà, Nobunaga et Hideyoshi ont mis pied à terre et se tiennent près de Yukié. Le jeune stratège, Matsudaira, est avec eux. Takayama, lui, est toujours à cheval et semble figé en plein mouvement, la bouche ouverte sur la dernière parole qu'il a prononcée.

Satô se retrouve à genoux près de sa sœur sans savoir comment il est arrivé là. Yamaki, à ses côtés, a enlevé son masque d'armure et retire doucement le casque de Yukié. Elle a une écume sanglante aux coins de la bouche. Sa peau, qui a toujours été trop cuivrée au goût de leur mère, est pâle comme de la poudre de riz. Lorsqu'elle inspire, elle émet un râle mouillé et un sifflement s'échappe de sa poitrine. Sa cuirasse est percée d'un trou.

Elle murmure :

— Yamaki.

Elle n'a plus qu'un filet de voix. Elle tousse et du sang lui monte aux lèvres. Satô sait ce que cela signifie. La balle lui a transpercé les poumons.

Ils ont remporté la bataille malgré un nombre d'ennemis écrasants. Ils s'étaient lancés à l'assaut en croyant vivre leur dernier jour. Et pourtant, très peu de leurs guerriers ont péri. Le ciel, couvert depuis le matin, s'est éclairci. L'avenir, lui aussi, paraît enfin lumineux. Pourquoi Yukié, sa sœur adorée, est-elle en train de mourir ?

Yamaki a posé la tête de Yukié sur ses genoux. Il lui caresse les cheveux et laisse libre cours à ses larmes.

— Yukié, souffle Yamaki. Mon amour.

Yukié ferme les yeux. Elle sourit, ses lèvres remuent en silence… puis le sifflement qui s'échappait de sa poitrine s'interrompt.

Ce n'est qu'en gouttant le sel de ses larmes que Satô s'aperçoit qu'il pleure. Il ne devrait pas. Elle s'est sacrifiée pour protéger son daimyô. Elle meurt en samouraï. Auréolée de gloire.

Mais à quoi lui servira cette gloire à présent ?

Autour de lui, Nobunaga, Hideyoshi et Matsudaira échangent de graves paroles.

— Je lui offrirai des funérailles dignes d'une impératrice, dit Nobunaga. Car ce sont les traditions guerrières héritées de nos ancêtres qui meurent avec elle aujourd'hui. On ne verra plus beaucoup de femmes comme la dame Hanaken.

— Elle n'aimait pas les arquebuses, grogne Hideyoshi. Et elle avait bien raison. Il faudra restreindre l'accès à ces armes.

— Il faut surtout que sa mort ne soit pas vaine, déclare Matsudaira. Nos traditions ne doivent par mourir avec elle. Elles ne doivent jamais s'éteindre.

Satô voit son seigneur surgir près de lui. Sans prêter attention au curieux hommage funèbre rendu par les trois grands seigneurs, Takayama s'agenouille lourdement et s'incline devant le cadavre de Yukié, jusqu'à toucher le sol de son front.

Sa sœur a toujours été une meilleure samouraï que lui. Il aurait dû savoir qu'elle connaîtrait une mort parfaite. On se souviendra de son sacrifice. Elle en aurait été fière. Cette pensée devrait le consoler. Mais cela ne suffit pas.

27

Dès que la rumeur de l'éclatante victoire est parvenue à la forteresse de Nagoya, Miyuki a senti l'agitation gagner la forteresse de Nagoya et les rues de la ville. En compagnie de Bara, la vieille intendante de leur demeure, elle a visité les étals des marchands de légumes. Le marché grouillait d'une foule compacte, où les dernières nouvelles, souvent contradictoires, s'échangeaient d'un ton plein d'assurance.

— Imagawa est mort, disaient les uns.

— Tous les seigneurs sont morts, mais nous avons gagné, prétendaient les autres.

— Mais non, le seigneur Oda n'a pas perdu un seul samouraï, affirmaient certains.

En entendant ces ragots, Miyuki s'est tour à tour inquiétée et réjouie, mais Bara a haussé les épaules.

— Au lendemain d'une bataille, a dit l'intendante, il y a plus de récits que de corbeaux occupés à picorer les cadavres. N'est-il pas mieux d'ignorer ces rumeurs et d'attendre le retour des combattants?

Miyuki s'est rendue à la sagesse de l'intendante. Elle l'a aidée à nettoyer la maison, aérer les literies, préparer des gâteaux de riz et d'autres douceurs. Elle s'est aussi assurée que, dès qu'on signalerait l'arrivée des troupes, ses petits frères seraient baignés et habillés de frais.

Un jour, comme sa mère, elle ira au combat. Mais en attendant, elle doit se rendre utile et servir sa famille de son mieux. Car Bara et sa mère lui ont appris que tel était son devoir de samouraï.

Finalement, les guetteurs de la forteresse font résonner des gongs et des tambours. L'armée a été aperçue au loin. Dans toutes les demeures, l'agitation devient frénésie. Sachirô arrive, essoufflé, de la forteresse. Comme Miyuki, il sait que leur oncle Satô, son père adoptif, passera d'abord par la maison de sa sœur et de son beau-frère. Il a donc pris l'habitude de venir l'attendre sous le toit de la famille Yamaki. Miyuki lui sourit. Il la salue d'un signe de tête bref, comme s'il était un homme adulte et elle, une dame. Elle aime bien son cousin.

Elle aide Eijirô et Fuu à s'agenouiller correctement sur la galerie et place autour d'eux les plis de leurs hakamas. Fuu la regarde lisser son vêtement avec de grands yeux étonnés. Les garçons trop jeunes pour porter deux sabres ne mettent des hakamas que lors des grandes occasions. C'est la première fois que Fuu, tout juste entré dans l'univers des hommes, porte le sien.

Les mains de Miyuki tremblent. Elle est nerveuse, sans savoir pourquoi. Elle aurait envie de courir et de bondir, de crier pour dissiper son énergie. Ce n'est pas la première fois qu'elle accueille l'armée au retour d'une bataille. Mais d'habitude, sa mère est à ses côtés.

Elle s'agenouille près de ses frères et de son cousin, s'assure que son kimono est bien ajusté, puis s'efforce de vider son esprit, comme son oncle Satô l'enseigne aux guerriers. Elle laisse ses pensées flotter, légères comme des plumes. Comme les plumes d'aigle que son cousin Sachirô a trouvées l'autre jour et qu'il a piquées dans la terre près d'un petit autel. Il disait que c'était un symbole de force et de courage et qu'en les offrant au kami de cet autel, il deviendrait le plus grand guerrier du clan. Miyuki rit toute seule. Sachirô ne sera jamais grand. Mais il pourrait devenir un bon guerrier.

Elle cligne des yeux. Elle s'était mise à rêvasser. Près d'elle, ses frères s'agitent. Bara frappe des mains pour les rappeler à l'ordre. On entend des bruits de sabots non loin. Les guerriers arrivent! La poussière soulevée par leur passage vient chatouiller ses narines.

Trois chevaux franchissent le portail de la demeure. Miyuki reconnaît tout de suite l'armure verte de son oncle et le masque de démon rouge de son père. Cependant, elle ne reconnaît pas l'homme qui se tient derrière eux. Son casque élaboré indique un seigneur de haut rang.

Les trois arrivants retirent leurs masques et leurs casques, puis se laissent glisser en bas de leur selle. Comme le veut la politesse, Miyuki s'incline alors jusqu'à ce que son front touche le bois de la galerie. Avant de relever les yeux, elle doit attendre que son père les remercie de leur accueil.

Mais elle n'y arrive pas! En essayant de bouger la tête le moins possible, elle jette un coup d'œil aux arrivants. Personne d'autre ne franchit le portail. Elle n'aperçoit toujours pas sa mère, dont elle connaît par cœur l'armure bleue. Deux des hommes, dans la cour, ont le crâne rasé. Il lui faut une seconde avant de se rendre compte que l'un de ces hommes est son oncle Satô. Curieuse coiffure. L'autre pourrait être le seigneur de leur clan, Takayama, celui que sa mère admire beaucoup. On dit qu'il se rase la tête parce qu'il a presque perdu tous ses cheveux. Cependant, pourquoi le seigneur Takayama viendrait-il dans leur demeure après une bataille? Pourquoi lui et pas sa mère?

Le petit Fuu résume son angoisse :

— Où maman?

C'est à ce moment qu'elle aperçoit les sabres que son père tient à la main. Des armes aux poignées trop fines pour des mains d'homme. Le katana et le wakizashi de sa mère, qui ont si longtemps orné la pièce centrale de leur demeure, même s'ils ne servaient plus.

Car seule la mort, disait sa mère, peut séparer un samouraï de ses lames.

Elle sent sa poitrine enfler sous la pression d'un sanglot. Tête baissée vers le sol de la galerie, elle ouvre grand la bouche et laisse son chagrin s'échapper en un cri silencieux. Elle peut pleurer, ce n'est pas indigne d'une samouraï. Mais elle est trop vieille pour gémir ou se plaindre.

— Où maman? répète Fuu, la voix tremblante.

— Pourquoi maman n'est pas là? renchérit Eijirô.

Miyuki devine que les deux garçons se sont redressés. Elle entend Bara s'approcher d'eux. Avec des murmures apaisants, l'intendante les entraîne à l'intérieur de la demeure. Bara va sans doute tenter de leur apprendre la nouvelle avec douceur. Loin des yeux et des oreilles des adultes. Ils sont trop jeunes pour agir avec retenue.

Elle se sent observée, mais s'efforce de ne pas bouger. Ses larmes ont formé une petite flaque sur le bois de la galerie. Elle la contemple et voit d'autres gouttes s'y ajouter. La voilà changée en nuage de pluie.

— Merci de votre accueil, dit-on dans la cour.

Il lui faut un instant pour reconnaître la voix de son père. Pourquoi est-elle si rauque?

Miyuki se redresse. Elle jette d'abord un regard à son cousin. À travers ses larmes, elle voit qu'il pleure, lui aussi. Cela suffit! Les larmes ne sont peut-être pas indignes d'un samouraï, mais elles ne servent à rien. Elle essuie ses yeux d'un revers de manche, puis pose son regard sur les trois hommes qui se sont approchés de la galerie.

Son père commence à gravir les marches. Il a toujours les sabres de sa mère à la main.

Ses sabres. À elle. Ses frères hériteront un jour des armes de son père.

Lorsque son père arrive près d'elle, elle tend les deux mains devant elle, paumes à plat, tournées vers le ciel. Elle a déjà vu des garçons et des guerriers agir ainsi durant des cérémonies. C'est le geste du samouraï qui attend de recevoir un sabre.

Elle voit son père hésiter. Non ! Ces lames étaient les possessions les plus précieuses de sa mère. Elle les veut. Elle en a besoin pour suivre ses traces. Elle aussi, un jour, elle partira défendre sa famille et son clan. Même si cela doit faire pleurer ses enfants.

Le seigneur Takayama prend pied sur la galerie derrière son père et lui pose une main sur l'épaule.

— Elle a l'âge pour le wakizashi, Yamaki.

Avec un soupir, son père prend le sabre court et le dépose dans ses mains. Elle s'apprête à ramener l'arme vers elle, mais le seigneur Takayama, s'interposant entre son père et elle, saisit le fourreau du sabre et interrompt son geste.

— Connais-tu les devoirs du samouraï, petite ?

La question est aisée, mais elle a la bouche sèche. Elle s'humecte les lèvres avant de répondre.

— N'est-ce pas de vous servir, mon seigneur ? Et de servir ma famille ?

Takayama hoche la tête. Il lâche le sabre. Elle voudrait le serrer contre elle, mais elle le dépose près de ses genoux, comme le font les adultes.

— Dans quelques années, dit Takayama, si tu t'en montres digne, tu pourras porter également le katana.

Elle s'incline bien bas. Cela ressemble à une promesse. Takayama adresse quelques mots à son cousin Sachirô, puis pénètre dans la demeure. Au loin, deux voix d'enfants sanglotent.

Une fois le seigneur disparu à l'intérieur, son père s'agenouille près d'elle. Il ouvre la bouche pour parler, puis la referme. Elle ne sait pas quoi dire elle non plus. Il pose une main sur sa joue et essuie ses larmes avec son pouce.

— Bientôt, finit-il par dire, nous retournerons dans le village où ta mère et moi sommes nés. Où elle a appris à se battre.

Pendant un instant, la nouvelle l'effraie. Quoi ? Quitter cette maison où elle a grandi ? Cette maison où sa mère a vécu ? Puis elle comprend les propos de son père. Dans ce village lointain, elle pourra devenir une guerrière, suivre les traces de sa mère.

Son père se lève. Son oncle Satô passe près d'elle et lui serre affectueusement l'épaule. Il a les yeux rouges. Comme s'il avait beaucoup pleuré.

— Tu verras, dit-il avec un sourire triste. Le sang des Hanaken aime les montagnes.

Les deux hommes pénètrent dans la demeure, Sachirô sur leurs talons. Restée seule, elle s'empare du wakizashi et serre le sabre court contre sa poitrine. Comme une poupée.

Comme elle étreindrait sa mère si elle le pouvait encore.

28

Le printemps a cédé place à l'été, mais l'air est encore frais dans les montagnes, chargé d'odeur de fleurs sauvages et de terre retournée. Satô, qui marche depuis des heures en tenant son cheval par la bride, a hâte de revoir son village natal. Leur petite troupe, la totalité des survivants du clan Takayama, s'est faufilée sans mal à travers les territoires occupés par les alliés et les vassaux d'Imagawa : la mort du daimyô les a désorganisés pour plusieurs mois. De plus, Matsudaira, rentré discrètement au fort de Marune, leur a indiqué les chemins les moins surveillés.

Enfin, au détour d'un col, apparaît le plateau où se dresse le village, les demeures blotties contre les pics rocheux comme des oisillons dans un nid. Dans le pré qui constitue le centre du village et qui, jadis, recevait tous les hommes occupés à leur entraînement quotidien, la population s'est rassemblée pour saluer le retour des guerriers.

Au premier rang se tiennent Saburo, le vieux capitaine des gardes, et Hitô, le fils héritier du seigneur Takayama. Hitô est devenu un homme durant leur absence et présente une ressemblance frappante avec son père. Cependant, ce sont les changements survenus chez Saburo qui étonnent le plus Satô. Le vieux tigre, dont la peau semble avoir blanchi autant que sa chevelure, mérite plus que jamais son surnom. Son visage amaigri lui donne l'air famélique et rusé des fauves solitaires. Les années l'ont changé d'étrange manière.

Derrière les deux hommes, les femmes sont alignées comme autant de fleurs, magnifiques dans leurs kimonos des grands jours. Le regard de Satô est attiré par l'une d'elles, une femme menue au visage doux et au vêtement d'un bleu gris rappelant la rosée. Alors qu'il se repaît de la vision de cette beauté sereine, si différente de tout ce qu'il a fréquenté au cours des dernières années, il la reconnaît soudain. C'est Kiku, la mère de Sachirô. L'épouse de son frère défunt, qui vit sous son toit et sous sa responsabilité. Et qui est donc considérée comme sa concubine.

Kiku, remarquant sans doute qu'il l'a aperçue, lui adresse un sourire timide, avant de dissimuler le bas de son visage derrière son éventail et de parcourir des yeux la foule des arrivants.

Satô, devinant ce qu'elle cherche, se retourne. Sachirô chevauche derrière lui.

— Va donc saluer ta mère, lui dit-il en désignant Kiku de la main.

Aussitôt, Sachirô s'élance. Il est le premier samouraï à briser les rangs bien ordonnés de la troupe, mais les autres guerriers s'empressent dans son sillage. Takayama remet à son fils un katana offert par Oda Nobunaga. Satô voit les parents de Nanashi l'accueillir avec effusions. Une jeune femme à l'air timide vient bientôt les rejoindre et rougit dès que Nanashi la regarde. Y aurait-il un mariage dans l'air ? Les hommes se précipitent vers leurs épouses et leurs enfants, les fils vers leurs parents âgés, les fiancés vers leurs promises… Les voix montent, joyeuses, et quelques-uns s'étreignent, au mépris des convenances.

C'est tout le village, enfin réuni, qui semble se réjouir autour de Satô.

Sa solitude lui apparaît encore plus lourde. Il n'a nulle famille pour l'accueillir. Ses parents, ses frères et sœurs, sa grand-mère… Presque tous les membres de sa lignée sont morts. Il ne lui reste que ce neveu qu'il a élevé comme un fils.

On le tire par la manche. Il tourne la tête. La petite Miyuki, le wakizashi de sa mère glissé dans la ceinture de son kimono, le regarde gravement. Sa ressemblance avec Yukié lui transperce le cœur.

— Est-ce que nous allons habiter chez toi, oncle Satô ?

Derrière la fillette, il remarque que Yamaki reste lui aussi à l'écart des réjouissances. Son beau-frère tient ses deux fils par la main et paraît préoccupé. Presque perdu. Satô se rappelle alors que Yamaki n'a plus de famille depuis longtemps et que, avant son départ du village, il vivait dans les baraquements des gardes du seigneur.

Non seulement son beau-frère doit-il composer avec la perte de son épouse, mais il lui faut également trouver un toit pour ses enfants.

— Bien sûr, dit Satô à sa nièce.

Puis il l'entraîne à sa suite et rejoint Yamaki. Bara s'approche au même moment. Elle regroupe les trois enfants autour d'elle et les dirige vers le pré, où quelques sucreries sont distribuées pour souligner ce jour de fête.

— Je crois que la demeure ancestrale des Hanaken est assez grande pour accueillir tous les gens apparentés à ma lignée, lance-t-il à son beau-frère lorsqu'ils se retrouvent seuls. Que ce soit par le sang ou par le mariage.

Le visage de Yamaki s'éclaire un peu, même si l'ombre du deuil ne quitte pas ses traits.

— Je le crois aussi, Hanaken, répond-il.

Son beau-frère a les yeux perdus dans le vague lorsqu'il reprend.

— De toute façon, je ne resterai pas longtemps. Takayama a promis à Nobunaga de lui envoyer à nouveau des troupes avant l'hiver. Je serai sans doute désigné pour les mener.

Satô fronce les sourcils.

— Tu repartirais si tôt ?

Yamaki hoche la tête.

— Je suis un guerrier, Hanaken, pas un maître d'armes comme toi. C'est au combat que je suis le plus utile.

Il a l'impression d'entendre sa sœur s'exprimer à travers son beau-frère. En retournant se battre, se sentira-t-il plus proche d'elle ? Ou espère-t-il simplement hâter leurs retrouvailles dans une autre vie ?

Au loin, au milieu du pré, il aperçoit Kiku, un cruchon de saké à la main, qui semble chercher quelqu'un. Sachirô marche à ses côtés et regarde attentivement la foule. Satô devine qu'il est l'objet de leur curiosité avant même que les yeux de Kiku ne croisent les siens. Il comprend alors qu'il ne repartira pas du village.

La famille Hanaken est une fleur qui a poussé autour d'un sabre. Il faut que l'art du sabre continue d'être enseigné pour que la plante prospère.

Et peut-être n'est-il pas trop tard pour doter la lignée de nouveaux héritiers.

— Kiku et Bara m'aideront à élever tes enfants, dit-il. La prochaine génération des Yamaki maniera le katana avec toute la technique des Hanaken.

Yamaki a un pâle sourire.

— Le sang de grands samouraïs coule dans leur veine. Je ne doute pas qu'ils y feront honneur.

Tandis que son beau-frère s'éloigne, Kiku vient rejoindre Satô. Elle le salue avec une exquise politesse et le remercie d'avoir si bien pris soin de son fils. Interrompant son discours, Satô tend la main et, au mépris des convenances, effleure les doigts de la jeune femme.

Elle les referme sur les siens et lui sourit.

ÉPILOGUE
ET NOTE HISTORIQUE

Au moment de la mort de Yukié, personne ne sait que les trois grands seigneurs qui y assistent seront un jour connus comme les « Trois Dictateurs », les pères de la culture japonaise classique.

À partir de cette bataille du printemps 1560, Oda Nobunaga entame une campagne militaire pour unifier le Japon tout entier et faire en sorte qu'il soit sous son contrôle, sans demander auparavant le titre de shôgun. Vingt-deux ans plus tard, son objectif est presque atteint lorsqu'il est trahi par un allié et se fait seppuku pour éviter la capture.

Hideyoshi lui succède à la tête de la coalition militaire et termine l'unification du pays. Comme Hideyoshi est de naissance modeste, il ne peut recevoir le titre de shôgun, mais l'empereur lui décerne un nom de famille : Toyotomi. Au cours de son règne, qui dure presque vingt ans, Toyotomi Hideyoshi interdit à tous les gens nés hors de la caste des samouraïs de posséder ou de manier des armes.

À sa mort, après une période de tumulte, c'est finalement un ambitieux allié de longue date, Tokugawa

Ieyasu, connu dans sa jeunesse sous le nom de Matsudaira, qui prend le contrôle du pays. Une guerrière se trouve parmi ses concubines et elle l'accompagne à la guerre. Il deviendra le premier shôgun Tokugawa, le fondateur d'une lignée qui régnera sur le Japon pendant deux cent cinquante ans.

Le shôgun Tokugawa Ieyasu a une grande influence sur l'histoire du Japon. Il ferme les frontières du pays aux étrangers, encourage la pratique des arts traditionnels et interdit l'usage des lames Muramasa, car elles lui ont toujours été funestes.

On raconte qu'un jour, alors qu'il était poursuivi, épuisé et menacé d'une défaite, Tokugawa Ieyasu a trouvé refuge dans une forteresse, laissé la porte ouverte derrière lui, allumé toutes les lampes et demandé à des musiciens de jouer de la musique pendant que ses guerriers se reposaient. Ses poursuivants, croyant la forteresse habitée par des troupes fraîches, ont décidé de ne pas attaquer.

Par contre, personne ne sait s'il est possible que, dans sa jeunesse, il ait véritablement quitté le fort de Marune pour venir en aide à Oda Nobunaga.

Cet ouvrage, après tout, est un livre de fiction et non un manuel d'histoire.

LEXIQUE

Ashigaru : *Ashigaru* veut dire *pieds légers*. On appelait ainsi ces guerriers, car ils ne portaient que très peu de pièces d'armure. Ils étaient recrutés, en cas de besoin, parmi les paysans. N'étant pas aussi entraînés que les samouraïs, ils étaient peu efficaces. Au début, les seigneurs les utilisaient surtout comme bouclier vivant pour briser les charges des ennemis. Éventuellement, ils deviendront les arquebusiers par excellence, les armes à feu s'apprivoisant plus vite que la lance, l'arc ou le sabre.

Clan : Le clan d'un seigneur était composé de la totalité de ses samouraïs. Cependant, les clans de plusieurs petits seigneurs pouvaient aussi faire partie du clan, plus vaste, d'un *daimyô*.

Daimyô : Seigneur de haut rang et de grand pouvoir, souvent à la tête d'une ou de plusieurs provinces.

Fief : Domaine donné à un samouraï ou à un petit seigneur par un seigneur plus important.

Hakama : Sorte de jupe-pantalon plissée qui était portée par les samouraïs et certains prêtres. On devait l'enfiler par-dessus un kimono, car les côtés du pantalon étaient ouverts de la mi-cuisse à la taille. Le *hakama* était porté lorsqu'on désirait une certaine liberté de mouvement (par exemple pour monter à cheval ou se battre). Le kimono étant croisé devant, on ne pouvait pas décemment écarter les jambes lorsqu'on le portait.

Haori : Cette veste était un kimono court, avec ou sans manches, qui était portée par-dessus les autres vêtements.

Selon les modes et les époques, la veste *haori* a pris différents aspects ou a indiqué différentes fonctions.

Kami : Kami veut dire à la fois *dieu* ou *esprit*. Ce sont les divinités les plus anciennes du Japon. Certains sont plus importants que d'autres, car il y a un kami de la lune et une kami du soleil, mais également un kami pour chaque lac, champ, sabre, etc. De nos jours, le culte des kamis (la religion shinto) est moins important, mais il occupe encore une place dans les fêtes traditionnelles et les grandes occasions, comme les mariages. En plus d'honorer les kamis associés à la nature, les Japonais pratiquent la religion bouddhiste, c'est-à-dire qu'ils prient le Bouddha, une divinité venue d'Inde et de Chine. Pour eux, Bouddha n'est qu'un kami de plus.

Katana : Épée longue de soixante centimètres et plus, à un seul tranchant, comme les sabres européens, dont la lame est étroite et légèrement courbe. L'acier des *katanas* est très solide et très tranchant, car le métal est replié sur lui-même au lieu d'être simplement martelé. En théorie, seuls les samouraïs avaient le droit de porter le *katana*, objet de luxe dont on prenait le plus grand soin.

Kimono : Vêtement japonais porté par les deux sexes, qui ressemble à une robe croisée devant et retenue par une ceinture. Quoique tous semblables à la base, les kimonos existaient dans plusieurs styles qui différaient par la longueur, le tissu, la forme des manches, les motifs et les couleurs. Chacun de ces styles permettait d'identifier la caste, la richesse et le statut de la personne qui le portait.

Naginata : C'est une lance munie à son extrémité d'une lame à un seul tranchant, semblable à celle d'un *katana* ou d'un *wakizashi*. Elle était très utilisée contre les cavaliers.

Ninja : Hommes issus de la classe paysanne qui s'entraînaient afin de devenir des espions et des assassins. Beaucoup d'histoires attribuent des pouvoirs extraordinaires aux *ninjas*, mais en réalité ils utilisaient simplement des déguisements, des embuscades, des poisons et diverses traîtrises pour parvenir à tuer les redoutables samouraïs.

Nom : En japonais, le nom de famille est placé avant le prénom (par exemple : Hanaken Satô) et il est normal de s'adresser aux gens en utilisant leur nom de famille. Les prénoms sont surtout utilisés pour marquer l'intimité ou, à l'époque de notre histoire, pour s'adresser aux non-samouraïs, car seuls les samouraïs possédaient des noms de famille. Jadis, il arrivait que les adultes changent de nom et de prénom au cours de leur vie pour marquer des étapes importantes de leur existence.

Rang : Importance et noblesse d'une famille, déterminées en partie par sa richesse, mais également par sa réputation, par l'ancienneté de son nom de famille et par la renommée de ses ancêtres.

Rônin : Samouraï sans maître. La plupart du temps, les *rônins* avaient été chassés de leur clan à la suite d'une rébellion ou d'une trahison. Ils avaient la réputation d'être de mauvais samouraïs et devenaient souvent des brigands ou des mercenaires.

Saké : Alcool de riz.

Samouraï : Membre de la caste des guerriers ; un samouraï n'est ni un homme qui a choisi le métier de soldat ni un chevalier européen nommé par un seigneur. Garçons ou filles naissent samouraïs et leur seul devoir pendant toute leur vie est de protéger le seigneur et leur propre famille. Ils remplissent ce devoir en apprenant à se battre ou en se rendant utiles d'une autre manière. À l'époque de notre histoire, il existait deux classes de samouraïs, qu'on différenciait par le nombre de sabres qu'ils portaient. Les samouraïs de haut rang portaient deux sabres, tandis que ceux de moindre importance n'en avaient qu'un. Avec le temps, seuls les samouraïs portant les deux sabres seront considérés comme de vrais samouraïs.

Seppuku : Suicide rituel (et fort douloureux) que les samouraïs, hommes ou femmes, s'infligeaient pour de multiples raisons, toujours en lien avec l'honneur. À l'époque, on considérait en effet que la honte, la trahison et le déshonneur ne pouvaient être rachetés que par la mort. Un seigneur pouvait ordonner à un samouraï de se faire *seppuku* pour racheter ses fautes et laver l'honneur de sa famille.

Shôgun : Officiellement, le *shôgun* était le chef militaire du pays, nommé par l'empereur et le protecteur de la cour impériale. En pratique, le *shôgun* détenait l'empereur en otage et agissait en maître absolu. Cependant, à l'époque de notre histoire, le *shôgun* n'était plus assez puissant militairement pour être respecté par les *daimyôs*, qui complotaient pour lui voler sa place.

Tatami : Matelas mince, dur, mais élastique, en paille de riz. Dans le Japon ancien, les tatamis recouvraient les planchers des pièces importantes. On pouvait s'y asseoir confortablement et même s'y étendre pour dormir.

Teppô : Nom sous lequel furent connues les arquebuses introduites au Japon par des marins portugais en 1543. C'était des armes lourdes, dont la portée n'excédait pas cinquante mètres. Longues à recharger, elles tiraient un seul coup à la fois, mais elles offraient une puissance de feu inégalée pour l'époque. On les chargeait par le canon, on y attachait une mèche allumée, puis on pressait la gâchette, ce qui permettait à la mèche d'entrer en contact avec la poudre, expulsant ainsi la balle. La mèche pouvait rester allumée longtemps et tirer plusieurs coups, mais il fallait la manipuler prudemment pour éviter qu'elle n'entre en contact avec les munitions que l'on portait sur soi.

Vassal : Un vassal est une personne ou un clan qui se met au service d'une autre en échange de terres, de richesses ou de protection. Les vassaux et leurs seigneurs sont unis par de nombreux droits et devoirs.

Wakizashi : Deuxième sabre, porté par les samouraïs appartenant à des familles de haut rang. Il est identique au *katana*, mais il mesure habituellement entre trente et soixante centimètres. Dans certains clans, les enfants samouraïs recevaient très tôt un *wakizashi* afin de marquer leur statut et de les habituer au poids des lames d'acier.

Zen : Courant de la religion bouddhiste, axé sur la méditation, le développement de l'esprit et le détachement du monde. Son esthétique dépouillée et son approche individuelle s'accordaient bien avec les idéaux des samouraïs. L'enseignement du zen passait par l'énonciation de questions paradoxales et l'élève devait accepter de ne pouvoir les résoudre.

TABLE DES MATIÈRES

Achevé d'imprimer
en juillet deux mille quinze, sur les presses
de l'imprimerie Gauvin, Gatineau, Québec